CHANSONNIER

DE L'AMOUR ET DE LA GAITÉ.

CHANSONS, ROMANCES ET CHANSONNETTES.

PAR **EMMANUEL DESTOUCHES**.

Sentiment et gaîté.
voilà ma devise.

PARIS.

CHEZ TERRY, ÉDITEUR,

Galerie de Valois, 185.
Et chez l'auteur, rue St Jacques, 209.

Au pied du tertre solitaire
Où penche une gothique tour,
Te souvient-il encor, ma chère,
De nos doux entretiens d'amour?

CHANSONNIER

DE L'AMOUR ET DE LA GAITÉ,

CHANSONS, ROMANCES ET CHANSONNETTES.

PAR **EMMANUEL DESTOUCHES.**

Sentiment et gaîté ,
voilà ma devise.

PARIS.

CHEZ TERRY, ÉDITEUR,

Galerie de Valois, 185,

Et chez l'auteur, rue St-Jacques, 209.

1846

Imprimerie de A. HIARD, à Meulan.

UN MOT AU PUBLIC.

Il existe aujourd'hui un grand nombre de chansons en tout genre, les odes patriotiques de l'immortel Béranger, les chansons de Désaugiers, d'Armand Gouffé, d'Emile Debraux et autres; mais les romances, qui sont les poëmes du cœur, ces fleurs du sentiment que les dames aiment tant à cultiver , sont rares dans les magasins de librairie; et la demande journalière que le beau sexe fait aux libraires d'un recueil spécialement fait pour lui est le motif qui m'a déterminé à lui dédier mes faibles productions.

Ces poésies, la plupart mises en musique par plusieurs compositeurs distingués, tels que MM. le chevalier Lagoanère, A. Meis-

sonnier , Luigui Castellaci , Gatayes, Rousseau, etc., et en partie gravées séparé-
ment avec lithographies chez plusieurs mar-
chands de musique, et imprimées dans les
plus jolis recueils, tels que le Chansonnier des
Grâces, l'Almanach des Muses, les Sons de
ma Lyre , etc. , quelques amis me manifes-
tèrent le désir de les voir rassemblées en un
petit volume pour en faire un ouvrage à moi;
et comme tout auteur a le droit de recueillir
ses œuvres , c'est à leur sollicitation que je
me suis décidé à les offrir au public. Privés
ici du charme du chant , je doute que mes
vers leur inspirent le même intérêt. Si dans
les salons on les a écoutés avec quelque indulgence, c'est moins à mon mérite person-
nel que je l'attribue, qu'aux talents des compositeurs qui ont daigné les embellir de leur
mélodie. Pour mettre les amateurs à portée
de la musique de ces romances , j'indique à
la tête de chaque pièce le nom du composi-
teur, et celui de l'éditeur chez qui elles se
trouvent gravées. J'ai ajouté à ces poésies
de nouveaux poëmes dont la musique est
encore à faire. Je m'estimerai heureux, si nos
initiés dans l'art de la mélodie les jugent di-
gnes d'exercer encore leurs talents. Sans ré-

clamer l'indulgence , comme font ordinairement les auteurs , sans me prévaloir non plus d'une aveugle présomption, je livre mes chants au public tels que la nature me les a inspirés. Le suffrage des gens de goût est l'unique but de mes veilles, et, si une douce erreur ne m'abuse pas, chacun ici doit trouver sa chanson. Le beau sexe, à qui cet ouvrage est principalement dédié , y trouvera des couplets que ne peuvent désavouer les mœurs les plus sévères ; l'ami de la gaîté y chantera ce qui convient à un cercle joyeux ; l'amant y rencontrera des fleurs pour en parer l'autel de son amie ; le patriote même ne pourra dédaigner une guirlande où le laurier s'enlace au myrte pour couronner son front.

E. Destouches.

CHANSONNIER.

SOUVENIRS DU JEUNE AGE.

ROMANCE.

A LAURETTE.

Air DE LA GRACE DE DIEU.

(Musique de mademoiselle Loïsa Puget.)

Te souvient-il de l'ermitage,
De ce lieu qui nous vit enfants
Où, sous l'innocence de l'âge,
Nous cachions tendres sentiments?
Au pied du tertre solitaire
Où penche une gothique tour,
Te souvient-il encor, ma chère,
De nos doux entretiens d'amour?

O ma Laurette hélas!
Ne t'en sonvient-il pas? } *bis.*

Te souvient-il que notre mère,
Dans ses bras nous pressant tous deux ,
Dit : que votre amitié prospère !
O mes enfants soyez heureux !
Et toi, tu rougissais, Laurette,
J'osais te demander pourquoi ?
Ta bouche alors restait muette,
Mais tes beaux yeux parlaient pour toi.
    O ma Laurette, etc.

Je vois d'ici le bois antique,
Séjour sombre et religieux
Qu'ornait la chapelle rustique
Où venaient prier nos ayeux :
Là, sur leurs urnes funéraires,
Nos cœurs pieux et sans détour
Invoquaient le dieu de nos pères
De nous bénir comme eux un jour !

    O ma Laurette, etc.

Ma Laurette, as-tu souvenance
De ce beau soir où du coteau
Nous écoutions, dans le silence,
Le murmure lointain de l'eau ,
Le son aigu de la clochette
Qui, venant à frapper l'écho,
Du jour annonçait la retraite
Et nous rappelait au château ?
    O ma Laurette, etc.

Te souvient-il de la veillée
Où près du foyer, chaque soir,

A l'auditoire émerveillée
Je faisais un récit bien noir :
Et quand autour de la demeure
On entendait gémir les vents,
Ton cœur battait, car c'était l'heure
Où l'on parlait de revenants.

O ma Laurette, etc.

T'en souvient-il ?.. Qu'avec vitesse
Las ! ces beaux jours se sont enfui !
De nos plaisirs, de notre ivresse,
Je cherche la trace aujourd'hui !
Nul sentiment n'est-il durable ?
Et l'autan qui troubla mes jours
A-t-il effacé sur le sable
Le souvenir de nos amours ?

O ma Laurette, etc.

Quand reverrai-je l'ermitage ?
Et le pied de la vieille tour
Où des jeux de notre jeune âge
Fut témoin le déclin du jour ?
Temps écoulé de notre enfance,
Vous ne pouvez plus revenir !
Du charme heureux de l'innocence
Gardons du moins le souvenir !

O ma Laurette, hélas !
Ne t'en souvient-il pas ?

CE QUI M'OCCUPE.

ROMANCE.

Musique de l'auteur.

(AIR CONNU.)

Se trouve chez Meissonnier, successeur de Corbeau
rue Dauphine (1816).

Dans un ciel pur et sans nuage,
Voir l'emblême de notre amour;
Aux objets prêter ton image,
C'est ce qui m'occupe le jour.
Jouir d'un destin plus prospère,
Brûler du désir de te voir;
Gagner ta chambre solitaire,
C'est ce qui m'occupe le soir.

Dans tes bras prononcer : je t'aime;
Rêver au sort qui nous unit;
Aspirer au bonheur suprême,
C'est ce qui m'occupe la nuit.
Jouir en imitant l'abeille,
Qui fait aux fleurs un doux larcin;
Prendre un baiser quand je t'éveille,
C'est ce qui m'occupe au matin.

Chaque jour, te voir plus jolie,
Et l'entendre dire souvent ;
Souffrir d'un peu de jalousie,
C'est ce qui m'occupe un moment.
Mais t'adorer ! ô charme extrême !
Ne vivre que pour nos amours ;
Te voir pour moi brûler de même,
C'est ce qui m'occupe toujours.

MA BOUTEILLE ET MES CHANSONS.

CHANSON.

Air : A genoux devant le soleil.

ou

Ma lampe veille encore. (BÉRANGER.)

Tendres amours, jeune bergère,
Ma faible voix sut vous chanter ;
Dans le bel âge où l'on peut plaire
Heureux qui se fait écouter !
De Bacchus la liqueur vermeille
M'inspire aujourd'hui d'autres sons :
Je consacre au dieu de la treille
Et ma bouteille et mes chansons.

Qu'un avare, dans sa démence,
Passe sa vie en entassant ;

Que sur le char de l'opulence
Un fat m'éclabousse en passant;
Tout leur bonheur peu m'importune;
Sans avoir terres ni maisons,
Le cœur content, j'ai pour fortune
Et ma bouteille et mes chansons.

On ne me vit dans ma jeunesse
Fréquenter la porte des grands;
Jamais ma muse à la richesse
Ne sut offrir un vil encens;
Mais si la fortune contraire
Me donnait d'amères leçons,
J'aurais, pour charmer ma misère,
Et ma bouteille et mes chansons.

A notre liberté chérie,
A nos auteurs, à nos savants,
A la gloire de la patrie,
Aux cœurs nobles et bienfaisants,
Au cercle joyeux qui me presse
Et qui semble écouter mes sons,
J'offre, à tout ce qui m'intéresse,
Et ma bouteille et mes chansons.

Alors que la parque inhumaine
Tranchera le fil de mes jours,
D'une vie hélas! incertaine
Je regretterai peu le cours,
Mais si l'écho de l'Elisée
Peut encor répéter mes sons,
J'ai, pour nourrir cette pensée,
Et ma bouteille et mes chansons.

MA SŒUR.

ROMANCE.

Air du Destrier *ou* Ce qui m'occupe.

J'ai chanté l'amour et les belles ,
Mon luth célébra leurs exploits;
Je n'ai trouvé que des cruelles
Qui n'ont pas écouté ma voix ;
J'ai voulu suivre aussi les traces
De Florian, ce doux auteur ;
Mais comment, en chantant les grâces, *(bis)*.
Puis-je avoir oublié ma sœur?

Ma sœur a l'âge d'une rose,
Elle a la fraîcheur du printemps ;
Près d'elle l'Amour se repose
Pour écouter ses doux accents.
Par son esprit , elle sait plaire ,
Sa bonté charme notre cœur ;
Et si je n'étais pas son frère , *(bis)*.
Je serais l'amant de ma sœur.

Attirer l'amour auprès d'elle,
Se faire aimer sans le savoir ,
A la vertu rester fidelle ,
Blesser un cœur sans le vouloir ;
Avoir une taille charmante ,
Des traits où se peint la douceur ;
Etre sensible et bienfaisante , *(bis)*.
Voilà le portrait de ma sœur.

MON AMIE.

ROMANCE.

(Se trouve chez Joly, Arcade de l'Institut.)

Musique de L. Rousseau,

ou

Air : Je sais attacher des rubans.

Mon amie a dix-sept printemps,
C'est une fleur qui vient d'éclore,
La rose est moins fraîche au beautemps,
Le lys moins pur à son aurore.
Elle a tout ce qui peut charmer ;
Attraits, grâce, douceur extrême :
Heureux celui qui sait l'aimer,
Mais plus heureux celui qu'elle aime !

Près d'un myrthe le tendre amour ,
Ce Dieu qui fait couler nos larmes,
Aborda mon amie, un jour ,
Et dans ses mains remit ses armes.
Cette belle peut tout dompter ,
Ses traits ont un pouvoir suprême :
Heureux celui qui sait l'aimer !
Mais plus heureux celui qu'elle aime !

2

Modeste ainsi qu'on l'est aux champs,
Simple comme la violette,
En vain mon amie aux amants
Veut se cacher dans sa retraite.
Un charme attire l'étranger
A qui tout dit dans ce lieu même :
Heureux celui qui sait l'aimer,
Mais plus heureux celui qu'elle aime !

L'hymen doit enchaîner son cœur.
Ah ! quelle ivresse pour mon ame
Si d'elle, un jour, l'amour vainqueur
Daignait me l'accorder pour femme !
Ah ! puisse ce dieu l'enflammer !
Que mon bonheur serait extrême !
Heureux celui qui sait l'aimer,
Mais plus heureux celui qu'elle aime !

LE GASTRONOME.

CHANSON DE TABLE.

Air : **Tous les méchants sont buveurs d'eau.**

Le triste Sénèque nous dit
De mépriser l'or qui fait vivre ;
Il avait perdu l'appétit
Sans doute, quand il fit ce livre.
Combien Epicure vaut mieux !
Il ne prêche que la bombance :
Amis, n'est-on pas plus joyeux
Quand on a bien rempli sa panse ?

Lorsque j'admire la beauté
D'une chanson, d'un air sonore,
C'est lorsqu'un morceau de pâté
Calme la faim qui me dévore :

A jeun le langage des dieux
N'est pas plus gai que la science :
Amis, n'est-on pas plus joyeux
Quand on a bien rempli sa panse ?

Après la bataille d'Ivri,
Trop longuement, nous dit l'histoire,
Un maire pérorait Henri
Sur le succès de sa victoire.
— Un bon dîner me vaudrait mieux,
Dit le roi, que ton éloquence :
Amis, n'est-on pas plus joyeux
Quand on a bien rempli sa panse ?

Vous qui cultivez les chansons,
Heureux enfants de la folie,
De Bacchus prenez des leçons
Pour inspirer votre génie,
Le vin est un don précieux
Qui fait chanter sans qu'on y pense :
Amis, n'est-on pas plus joyeux
Quand on a bien rempli sa panse ?

LA CHATELAINE.

ROMANCE.

AUX MANES DE MA MÈRE.

Air : Au revoir, Louise, au revoir.
(*Musique de Loisa Puget.*)

Après dix ans, voulant revoir ma mère,
Je quitte enfin les plaisirs de la cour ;
Déjà des bois la troupe bocagère
A de ses chants salué mon retour.
Mon char s'arrête au portique sonore
Dont a gémi l'écho du vieux castel ;
Mais nul mortel à moi ne s'offre encore
Et l'herbe croît sur le seuil paternel.

Soudain la cloche interrompt le silence,
Rappelle l'homme aux doux hymnes du soir ;
Vers le saint temple aussitôt je m'avance
Et sur le marbre un enfant vient s'asseoir :
Le jeune Eudor dont un lys ceint la tête
Brûle l'encens sur le parvis sacré ;
Hélas ! ce jour ! je le croyais la fête
De celle à qui l'amour m'a consacré !

2.

«La chatelaine, ô jeune homme, est ma mère;
Envain ici , je cherche son abord. »
L'enfant soupire et regardant la pierre
Frère , dit-il , fais silence , elle dort !!
Elle dormait comme on dort au rivage
Dont le Léthé baigne les sombres bords ,
Comme on sommeille au verdoyant bocage
Des ifs , abri de la cendre des morts.

LES CLOCHES.

ROMANCE.

Air : Fleur des champs,

(Musique de Mlle Loisa Puget.)

C'est le moment de la prière,
C'est le déclin du plus beau jour,
C'est le repos de la chaumière ,
Du chatelain c'est le retour.
A l'annoncer l'airain s'apprête,
L'hermite accourt dans le saint lieu ,
Le char du bon seigneur s'arrête ;
Chacun pour lui vient prier Dieu.

    Sonnez, sonnez sur notre tête,
    Et du haut des airs ébranlés,
    Pour célébrer si douce fête
    Sonnez, sonnez, cloches, sonnez.

Du lieu chéri de sa naissance
Ah ! que la cloche a de douceur !
Elle rappelle notre enfance
Et nos premiers jours de bonheur.
Un cœur de mère, à notre aurore,
Palpite en l'entendant frémir ;
Et le vieillard soupire encore
Au son qui donne un souvenir.

    Sonnez, sonnez sur notre tête,
    Et du haut des airs ébranlés,
    Pour célébrer si douce fête
    Sonnez, sonnez, cloches, sonnez.

LE BUVEUR.

CHANSON BACHIQUE.

Air : Aussitôt que la lumière.

Dans les bosquets d'Idalie,
De fleurs orné tour à tour,
Jadis, aux pieds d'une amie
Mon luth soupirait l'amour.
Mais aujourd'hui ma maîtresse,
Ce que je trouve divin,
Et que j'aime avec ivresse,
C'est ma bouteille de vin.

Riches dont la main entasse,
Et qui faites des jaloux,
Quand je bois à pleine tasse
Suis-je moins heureux que vous?
Je ne crains rien sur la terre,
Et je brave le destin,
Si, pour charmer ma misère,
Il me reste encor du vin.

Si le fleuve de Lydie
Roulait du vin, au lieu d'or,
Combien passeraient leur vie
A s'enivrer sur ce bord !
Pour moi, peu jaloux du rôle
De maint parvenu coquin,
J'aime à ce prix le Pactole
Bien moins qu'un verre de vin.

Un soldat, sans la bouteille
Serait un triste guerrier,
C'est à l'ombre de la treille
Qu'on voit croître le laurier.
Près de l'objet qui l'inspire
Un amant, ah ! c'est certain,
Est plus sûr de son empire
S'il boit un verre de vin.

L'Hypocrène qu'on renomme,
Est une triste liqueur ;
Pour inspirer un grand homme,
Le vin me semble meilleur ;
A son feu l'esprit s'allume,
Maître Adam n'était divin,
Que lorsqu'il trempait sa plume
Dans une tonne de vin.

Voyez assis sous la treille
Ce buveur frais et joyeux ;
Il chante en vidant bouteille ;
Tout lui rit ; il est heureux ;
Il se croit roi sur la terre,
Et couronné de raisin,
Il brave encor le tonnerre ;
Son audace est dans le vin.

Tout à coup l'orage gronde,
L'éclair présage la mort,
Ce buveur, qu'un Dieu seconde,
Sous la treille boit encor ;
Du ciel bravant la furie,
Le tonnerre éclate en vain ;
Il ne cède qu'à la pluie
Qui met de l'eau dans son vin !!!

LE PROVINCIAL A PARIS.

CHANSON.

Air : Ma tante Urlurette.

Vraiment, dans c'séjour nouveau,
A mes yeux tout s'peint en beau ;
La vertu règn' sur cett' terre,
    — Veux-tu t'taire. (bis.)
Bavard veux-tu t'taire.

Les filles de c'grand hameau,
D'amour fuyant le flambeau ;
Ne vont jamais sans leur mère...
    — Veux-tu t'taire, etc.

Les maris n'sont pas jaloux,
Les femm's fidell' aux époux,
Ne cherchent point à les faire...
    — Veux-tu t'taire, etc.

Le commerce, soi-disant,
Est on n'peut plus florissant ;
Sans banqu'route on y prospère...
    — Veux-tu t'taire, etc.

L'honnête marchand de vin
Compose son jus divin ;
Sans y mêler de l'eau claire...
— Veux-tu t'taire, etc.

Le procureur délicat,
De la veuve est l'avocat.
Sans que l'or soit nécessaire...
— Veux-tu t'taire, etc.

Le docteur est si savant,
Qu'il fait gagner rarement,
Le chemin du cimetière....
— Veux-tu t'taire, etc.

Le curé dévotement
Vous enterre sans argent ;
Pour le plaisir de le faire...
— Veux-tu t'taire, etc.

LE MONASTÈRE.

ROMANCE.

Musique de Melle Loïsa Puget.

Air : *L'astre des nuits annonçait sa présence.*

L'astre des nuits éclairait les campagnes,
L'heure du soir retentissait neuf fois,
Près d'un saint temple, au sommet des mon-
tagnes,
Édgar s'arrête, et chante à demi voix :
« Jeune Zora, mon luth, dans le silence
Trouble pour toi les échos de ces lieux ;
Et ces remparts qu'embellit ta présence
Auront toujours des charmes pour mes
yeux. »

— Beau menestrel, des murs du monastère,
N'approche plus vers le déclin du jour ;
Je ne dois pas écouter ta prière,
Ni tes doux chants qui me parlent d'amour.
Un autre objet des accords de ta lyre
Serait touché ; mais j'ai donné mon cœur.
Adresse au ciel ton amoureux délire ;
Je suis hélas ! la vierge du Seigneur.

A ces accents le ménestrel docile
Du mont sacré descend en soupirant ;

Déjà ses pas ont regagné la ville,
Ses yeux encor regardent le couvent.
Depuis de Dieu la fidelle compagne,
Du luth d'Edgar oublia le pouvoir :
Ses sons mouraient au pied de la montagne
Portés au loin sur la brise du soir.

LA LYRE DE BÉRANGER.

CHANSON.

A Béranger.

Air de l'Angelus (ROMAGNESI).

OU

Air : Prenons d'abord l'air bien méchant

(D'ADOLPHE ET CLARA).

Les Grâces, sœurs du tendre Amour,
Allant à ce dieu rendre hommage,
Avaient perdu leur luth un jour
Sur le gazon d'un vert bocage.
Entre le myrte et l'oranger,
Ce luth, d'immortelle mémoire,
S'offrit aux yeux de Béranger,
Auprès du temple de la gloire.

Le chantre inspiré par les dieux,
Cédant à son noble délire,
Touche le luth mélodieux,
Essaye un son sur cette lyre...
O des grâces, charmes puissants !
Quel son divin ! Quel luth sonore !
La France libre apprit ses chants
Le Pinde les répète encore !

Hélas ! du nocher de Pluton
Quand Béranger suivra les traces,
Il doit encor charmer Caron
Au son de la lyre des Grâces.
Non, vers le fleuve de l'oubli ;
Le temps ne pourra le conduire :
Son nom survivra malgré lui,
L'histoire a consacré sa lyre.

LES PAQUETS.

CHANSON.

Air : De la Pipe de tabac.

La vanité, dans ce bas monde,
Dérobe à chacun son défaut;
Robin vient d'épouser Edmonde
Et c'est un mari comme il faut;
Le bois de cerf qui le couronne
A dépassé son vieux toupet;
Un bossu rit de sa personne;
Bosmar ne voit pas son paquet.

Frappar, grand amateur de belles,
Chez Lise arrive au point du jour;
Et ne trouvant pas de cruelles
Il lui parle aussitôt d'amour.
Depuis ce jour d'expérience,
Lise ne peut mettre un corset;
On voit à sa protubérance,
Qu'elle porte un certain paquet.

Des huissiers craignant la cohorte,
De peur de rendre son trésor,
Un banqueroutier sous la porte
A mis la clef et court encor.
Sur l'espérance qui le berce,
Il fuit Thémis et son parquet;
Mais c'est aux dépens du commerce
Que celui-ci fit son paquet.

Lorsque trahi par la victoire,
Le plus valeureux des guerriers
Parcourait les bords de la Loire
Sur un char couvert de lauriers,
La foudre abattit sa puissance,
Et l'on revit le blanc plumet,
Nos preux s'exilèrent de France ;
La gloire alors fit son paquet.

Depuis longtemps sur le Parnasse
Amant timide des neuf sœurs,
J'appréhende enfin leur disgrace
Tout en postulant leurs faveurs ;
Sur mon sujet je ne veux faire
Messieurs, que ce dernier couplet ;
Car ces dames (1) dans leur colère
Pourraient me donner mon paquet.

(1) Si on chante cette chanson dans une goguette, on dira :

Car le bureau, dans sa colère,
Pourrait me donner mon paquet.

HEURES D'AMOUR.

ROMANCE.

Musique de A. Meissonnier.

(Se trouve au bureau du Ménestrel).

Je t'aime et n'ose te le dire,
Toi dont les charmes m'ont séduit ;
A ton aspect mon cœur soupire
Et ma faible raison s'enfuit.
Ah ! dans ce trouble qui m'agite,
De l'amour j'éprouve la loi ;
Et les heures coulent plus vite
Lorsque je m'occupe de toi.

Lorsque tu chantes sur ta lyre,
Et que j'écoute tes accents,
Ta voix redouble mon délire
Et porte l'ivresse en mes sens.
Ah ! dans ce plaisir qui m'agite,
De l'amour j'éprouve la loi ;
Et les heures coulent plus vite
Lorsque je m'occupe de toi.

Si ton doux sourire me touche !
Juge quel serait mon bonheur
Si je connaissais par ta bouche
Ce qui se passe dans ton cœur !
Ah ! dans ce doute qui m'agite
De l'amour j'éprouve la loi ;
Et les heures coulent plus vite
Lorsque je m'occupe de toi.

UN AMANT D'AUTREFOIS.

ROMANCE.

Air : *Au pied de la croix solitaire*
(de la fiancée).

Dans une grotte solitaire,
Non loin de ce haut peuplier,
Détaché des biens de la terre,
Jadis vivait un chevalier.
Depuis que sa chère Euphémie
Avait subi la loi du sort,
Le souvenir de son amie
Lui faisait désirer la mort.

La grotte était son ermitage,
Le gazon lui servait d'autel,
Et, de son amante l'image
Etait à ses yeux l'éternel :
Des herbes la racine amère
Soutenait ses jours de douleurs ;
Il n'avait de lit que la terre
Qu'il baignait souvent de ses pleurs !

Tandis que la tendre fauvette
Répétait gaîment sa chanson,
Et qu'aux accents de la musette
Les bergers foulaient le gazon,

Edgar, au fond d'un vert bocage,
Mêlait ses larmes au ruisseau,
Chaque jour, souffrait davantage ,
Et l'amour creusait son tombeau.

Le ciel, touché de sa souffrance,
Termina ses jours malheureux ;
Son Euphémie et la constance
Le couronnèrent dans les cieux.
Jadis un sentiment durable
Fixait le sort d'un troubadour :
Ce récit n'est plus qu'une fable ;
Hélas ! on ne meurt plus d'amour !

C'N'EST PAS L'TOUT DE SE L'VER MATIN.

CHANSON.

Air : *Mon père était pot.*

L'autre jour l'hymen couronna
  La gentille Nicole ;
Six mois après elle accoucha,
  Le mari se désole ;
  Consol' toi, Colin
  D'un pareil destin
Dis-je à l'époux qui pleure :
  C'n'est pas l'tout voisin,
  De se l'ver matin,
Faut encore être à l'heure.

Un débiteur s'était enfui,
  D'huissiers une cohorte
En vain ayant frappé chez lui,
  Vite enfonce la porte.
  L'créancier chagrin
  Lit sur un bull'tin
Laissé dans sa demeure :
  C'n'est pas l'tout voisin
  De se l'ver matin,
Faut encore être à l'heure.

Jadis, quand nos braves guerriers
  Volaient à la victoire,

L'ennemi voulait des lauriers
  Nous disputer la gloire ;
  La part du Prussien,
  D'l'Anglais, d'l'Autrichien,
N'était pas la meilleure....
  C'n'est pas l'tout, voisin,
  De se l'ver matin
Faut encore être à l'heure.

Certain auteur avait l'espoir,
  En montant au Parnasse ,
Sous des lauriers d'aller s'asseoir
  A la première place.
  Béranger soudain
  Dit à l'écrivain :
  C'est ici ma demeure.
  C'n'est pas l'tout, voisin,
  De se l'ver matin
Faut encore être à l'heure.

Faisant ce poème nouveau
  Sur un proverbe antique,
Pourquoi craindrai-je du caveau (1)
  La sévère critique ?
  Pour chanter l'bon vin
  Sur un gai refrain
  Arrièr' je ne demeure ;
  Pour boire aux amis,
  A notre pays,
Je suis toujours à l'heure.

(1) Dites *Bureau*, si vous chantez dans une goguette

ADIEUX A MON AMIE.

ROMANCE.

Air : Du gondelier charmante amie.
(Frédéric Bérat).

Adieu séjour de mon amie
Où Francine, chaque matin,
Venait m'offrir dans la prairie
Des lys qu'avait cueillis sa main.
Sol enchanteur où ma maitresse
Me couronnait de myrtes frais;
Tu fus témoin de notre ivresse,
Tu le seras de nos regrets.

Refrain.

Adieu Francine, adieu ma belle,
La mort terminera nos jours ;
Mais si notre âme est immortelle
Nos cœurs doivent s'aimer toujours.

Aux lieux où l'on reçut la vie,
Sur la terre de ses ayeux,
L'herbe nous paraît plus fleurie,
Le chant des oiseaux plus joyeux.
Moi je dis qu'avec son amie
Partout on coule d'heureux jours :
On est toujours dans sa patrie
Quand on est près de ses amours.

Adieu etc.

Comme la tendre tourterelle
Qui gémit loin de son ami,
Hélas ! mon amante fidelle
De mon départ se plaint aussi.
Ne pleure pas, ô ma bergère !
Nos chagrins finiront un jour :
Si la ronce croît sur la terre,
La rose y fleurit à son tour.

Adieu etc.

LE GODDEM.

GHANSON.

Air : de la pipe de tabac.

D'un hareng j'avais la tournure,
Du temps du petit caporal,
J'étais fort maigre de figure,
Aussi je dinais assez mal.
Mais depuis que la paix en France
A signalé son doux retour,
Chaque jour s'arrondit ma panse,
Et je suis gros comme un tambour. (bis.)

Qui dirait qu'un pauvre squelette,
Dont le ventre était transparent,
Sans le secours d'une brouette
Ne peut se porter maintenant ?
Car depuis que la paix en France
A signalé son doux retour,
Chaque jour s'arrondit ma panse,
Et je suis gros comme un tambour. (bis.)

Qu'importe à moi que la famine
S'étende sur un atelier !
On s'aperçoit bien à ma mine
Que je ne suis point ouvrier.
Car depuis que la paix en France
A signalé son doux retour
Chaque jour s'arrondit ma panse
Et je suis gros comme un tambour. (bis.)

Pour un bon diner, dans le centre
Je range mon opinion.
Goddem ! les intérêts du ventre
Avant ceux de la nation.
Car depuis que la paix en France
A signalé son doux retour,
Chaque jour s'arrondit ma panse,
Et je suis gros comme un tambour. (bis.

Je'viens d'écrire à miss Charlotte,
A mon départ pour Albion,
De faire rélargir sa porte,
Pour m'introduire en sa maison.
Car depuis que la paix en France
A signalé son doux retour,
Chaque jour s'arrondit ma panse,
Et je suis gros comme un tambour. (bis.)

Dans l'île étroite de Cithère,
Entrer est mon vœu le plus fort ;
Mais pour aborder, comment faire ?
De l'entreprendre j'aurais tort.
Car depuis que la paix en France
A signalé son doux retour,
Chaque jour s'arrondit ma panse,
Et je suis gros comme un tambour. (bis.)

Nota. Cette chanson a été faite sous la Restauration

LA GUINGUETTE.

CHANSON.

Air : Tout ça passe en même temps.

A la guinguette un badaud
Raisonnait de politique :
Taisez-vous, dit un grimaud ;
Parlons plutôt de musique.
— Monsieur, je parle à merveille...
— Vous n'avez pas le bon sens...
Et les verres, la bouteille...
Tout ça saute (*ter.*) en même temps.

Quand la nuit obscurcit l'air,
Au hameau je vois nos drilles
Passer gaîment leur hiver
Entre le vin et les filles ;
Et quand par malheur les mères
S'endorment au bruit des vents,
Les bouchons et les bergères,
Tout ça saute en même temps.

Avant de se mettre au lit,
A Paris plus d'une Hélène
Met sur sa table de nuit
Plus d'un appas qui la gêne :
Son sein sous gaze légère ;
Son teint qu'emportent les vents,
Et son dentier dans un verre ;
Tout ça tombe en même temps.

Orgon, pour ménager l'or,
A mis en danger sa vie;
Pourtant il entasse encor :
Bon Dieu, quelle maladie!
Il meurt, rien ne le regrette;
Chez ses héritiers contents,
Son argent et sa cassette,
Tout ça saute en même temps.

Le Français, dans les combats,
Est un lion intrépide;
On vit nos braves soldats
Marcher sur les pas d'Alcide.
Sous les bombes, la mitraille,
Dont il abat les géans;
Guerriers, drapeaux et muraille....
Tout ça tombe en même temps.

Lundi soir, monsieur Hardi,
Auteur d'une comédie,
Attend, pour dîner mardi,
Le suffrage de Thalie;
Mais la pièce qu'on rejette,
L'auteur qui sort à pas lents,
La grêle qui le fouette,
Tout ça tombe en même temps.

LE PÊCHEUR.

BARCAROLE.

Air nouveau ; Musique de l'auteur,
Ou air : Voyez la mer tranquille.

Dans sa barque mobile,
Sa guitare à la main,
Un pêcheur sur la Dyle
Redisait ce refrain :
J'aimerai ma bergère,
Mon luth la chantera
Tant que l'onde légère
Vers la mer coulera.
Dans sa barque mobile,
Sa guitare à la main,
Un pêcheur sur la Dyle
Redisait ce refrain.

Portant la voix plaintive
De son luth enchanté,
Les échos de la rive
Ont au loin répété :
J'aimerai ma bergère,
Mon luth la chantera,
Tant que l'onde légère
Vers la mer coulera.

Dans sa barque mobile, etc.

Hélas ! rien ne demeure,
Compter sur un serment,

C'est baser sa demeure
Sur le sable mouvant.
Le temps mit tout en fuite,
L'amour et son transport ;
Son cœur plus ne palpite ·
Et l'onde coule encor.
Dans sa barque mobile,
Autrefois, mais en vain,
Le pêcheur de la Dyle
Redisait son refrain.

LE PRISONNIER.

Air de l'Exilé *ou* du Destrier.

Captif aux rives de Bizance,
Des créneaux d'une vieille tour,
Les regards tournés vers la France,
Ainsi chantait un troubadour :
Toi qui voles vers ma patrie,
Courrier d'amour, plaintif ramier,
Va porter à ma triste amie
Le dernier chant du prisonnier.

Au pays d'Isaure la belle,
Près du castel de mes aïeux,
S'élève une antique chapelle :
Une madone orne ces lieux.
Suspends ton vol près de Marie,
Et, sous l'abri du peuplier,
Tu trouveras Emma qui prie
Pour le retour du prisonnier.

Ah ! dis-lui que, captif loin d'elle,
Alfred vit pour suivre sa loi ;
Dis-lui qu'il est resté fidèle :
Qu'elle ait à me garder sa foi !
Mais si durant cruelle absence
L'ingrate avait pu m'oublier,
Dis-lui..... mais non, passe en silence,
Et plains tout bas le prisonnier.

LA CLOCHE DE VOLNÉ.

ROMANCE.

Musique de l'auteur.

(*Air connu.*)

REFRAIN.

N'entendez-vous pas la clochette
De l'hermitage de Volné ?
Le vent (bis) la fait aller seulette
Dans ce vieux cloitre abandonné.

Passant au pied du monastère
Où la cloche sonne souvent,
Bien plus d'une jeune bergère
Le soir, redoute un revenant.
Du temps des moines bons vivants,
 Le soir, au retour des champs,
 Le long de murs du couvent
   Passant,
Oui plus d'une jeune bergère
Le soir craignait un revenant.
 N'entendez-vous pas etc.

Mirtil, voyant cet hermitage,
D'Églé n'espérant nul retour,
Voulant oublier la volage
Se fit ermite par amour.
Mais, dans ce triste monument,

Mirtil, en peu changea tant,
Que, vers la nuit, au passant
S'offrant,
Chacun disait, dans le village,
Qu'il avait vu le revenant.
N'entendez-vous pas, etc.

Quand du sommet de la montagne
Le jour commence à décliner,
O toi qui restes sans compagne,
Bergère, évite le danger ;
Ta pudeur risque en ce moment.
Car, des feux du soir brulant,
L'amoureux Daphnis souvent
T'attend :
Un fantôme, dans la campagne,
Est moins à craindre qu'un amant.
N'entendez-vous pas etc.

PENSER D'AMOUR.

ROMANCE.

Musique de l'Auteur.

Qui fait rêver, quand tout se renouvelle ?
Qui fait plaisir et peine tour à tour ?
Qui meut les sens et le cœur d'une belle ?
Un seul penser, penser d'amour.

Progné suspend, sur l'aîle de zéphire,
Son toit léger aux crénaux d'une tour ;
Mais vers ce lieu, tous les ans, qui l'attire?
Un seul penser, penser d'amour.

Qui sous le ciel de sa belle patrie,
Fait revenir, après un long séjour,
Le vieux proscrit prêt à quitter la vie ?
Un seul penser, penser d'amour.

Qui fait vibrer dans la cité sonore
Le luth qui parle au cœur du troubadour ?
Dans le hameau, qui fait chanter encore ?
Un seul penser, penser d'amour.

Qui fait chérir le toit d'une chaumière
Près d'un objet plus tendre chaque jour ?
Qui nous console au sein de la misère?
Un seul penser, penser d'amour.

QUELQUE CHOSE.

CHANSON.

Air : Sa Majesté n'a plus sa tête.

(Béranger.)

Gentil Bernard chanta l'amour,
Béranger célébra la gloire ;
Et leurs chants divins tour à tour
Sont gravés dans notre mémoire.
Combien de fois Anacréon
Sur son luth a chanté la rose !
Mais il me faut une chanson ;
Je vais vous chanter quelque chose. (*bis.*)

Au temps jadis, comme à présent
C'est la misère qu'on évite ;
Il faut avoir beauconp d'argent
Pour être un homme de mérite.
Un honnête homme qui n'a rien,
Dans le monde au mépris s'expose :
Il faut faillir avec du bien,
Pour être aujourd'hui quelque chose.

Pour arriver à maint emploi,
Damon n'avait que la science ,
Il resta pauvre malgré soi,
Ayant en paix sa conscience :
Mais un fat acquit quelque bien,
Depuis ce jour de tout il glose :

C'est souvent un homme de rien
Qui va se croire quelque chose.

Aimant d'amour, l'appât de l'or
Ne toucha point le cœur de Lise ;
Elle épousa le jeune Hector
Ayant à peine une chemise :
De leur joie un petit chrétien
Après neuf mois devint la cause:
Voilà souvent comme avec rien
On a toujours fait quelque chose.

Le talent meurt de toute part ;
La science est par trop commune ;
L'art de bâtir est le seul art
Qui puisse faire encor fortune.
Puisqu'en ce siècle citoyen
Les Muses sont si peu de chose,
Soyons maçons. c'est le moyen
De faire aujourd'hui quelque chose.

Quand on dit à jeune tendron
« *J'aurais quelque chose à vous dire* »
C'est exprimer la passion
Que cette fille vous inspire :
Mais avant de se déclarer,
Quand c'est l'hymen qu'on lui propose,
On a bien soin de s'informer
Si cette belle a quelque chose.

Pour soutenir un plus long chant,
Ma voix est faible, un peu légère ;

Ai-je chanté trop longuement ?
Aurais-je mieux fait de me taire ?
Mais je finis, car aussi bien
A la critique je m'expose ;
Et l'on peut dire : ce n'est rien
Que ma chanson de quelque chose.

L'ORAGE.

Air : L'ermite du hameau voisin.

Le vent agite ces roseaux :
Vois-tu se former un orage?
Ma Zélie, entends-tu ces flots
Mugir autour de ce rivage?
Sur ton sein palpitant d'effroi
Souffre un moment que je repose;
Comme Zéphire, ah! laisse-moi
Chercher un abri sous la rose.

Le temps redouble sa noirceur,
La nuit succède à la lumière;
Mais tu me presses sur ton cœur,
Du ciel je brave la colère.
Ah! si je meurs, un tel trépas
N'a rien qui m'effraie, ô Zélie!
La mort qu'on trouve dans tes bras
A plus de charmes que la vie.

Ainsi, sur des rochers déserts,
Parlait Zulbar à son amante,
Alors que la plaine des mers
Etait en proie à la tourmente.
Mais le ciel apaise ses feux,
Et les époux, sur le rivage,
Goûtent enfin ce calme heureux
Qu'on voit renaître après l'orage.

MA JOURNÉE.

Air : Non , je n'aime plus le printemps,
ou : Le printemps ramène les fleurs.

La promenade est salutaire,
Et je gagne de l'appétit ;
Je vais dans un lieu solitaire
Prendre un repas qui me sourit.
Puis au dessert je lis sans gêne,
A ceux qui veulent m'écouter,
Une fable de La Fontaine,
Une chanson de Béranger.

Quand de la nature chérie
Le premier m'offre des leçons,
L'autre d'un luth pour la patrie
M'apprend à tirer quelques sons.
Mais, hélas ! ce n'est pas sans peine ;
Je voudrais en vain imiter
Une fable de La Fontaine,
Une chanson de Béranger.

Le ciel est noir : survient l'orage ;
L'oiseau s'envole avec effroi ;
Il va pleuvoir. Le temps m'engage
Au plus vite à rentrer chez moi.
Pour m'égayer dans mon domaine,
J'apprends, avant de me coucher,
Une fable de La Fontaine,
Une chanson de Béranger.

LE COUCOU.

CHANSONNETTE.

Air nouveau.

Musique de l'auteur.

Un soir dans la prairie
Fleurie,
Un jeune pastoureau
Attendait son amie
Chérie,
Au bord d'un clair ruisseau.
Se mêle à son murmure
Ce chant de triste augure :
Coucou , coucou,
Coucou, coucou, coucou.

Perdant toute espérance
D'avance,
Le crédule berger
Soupçonne l'inconstance,
Et pense
Qu'Estelle a pu changer ;
L'oiseau sous le feuillage
Redouble son ramage :
Coucou, coucou,
Coucou, coucou, coucou.

Il saisit sa houlette,
      Il guette,
Près d'un épais buisson,
L'indiscret qui répète
      L'ariette,
Qui trouble sa raison ;
Et sa fureur augmente,
Quand la même voix chante :
   Coucou, coucou,
Coucou, coucou, coucou.

A travers le bocage,
      Sa rage
Poursuit le chantre odieux ;
Estelle non volage ,
      Mais sage,
Se découvre à ses yeux :
« Ami, point de colère ,
C'est moi qui vient de faire,
   Coucou, coucou,
Coucou, coucou, coucou.

LE RETOUR AU PAYS.

Air *de* Ma Normandie.

Après une cruelle absence,
Qu'on est heureux de revenir
Au lieu qui charma son enfance,
Témoin de son premier soupir !
Trop de bonheur nuit à la vie,
Et revoir dans le même jour
Son beau pays, sa douce amie,
Ah ! c'est deux fois mourir d'amour !

Dans les bras de celle qu'on aime
Est-il un sort plus enchanteur ?
On s'approche du bonheur même,
Quand on repose sur son cœur.
Être chéri de son amie
Aux lieux où l'on reçut le jour,
L'aimer autant que sa patrie,
Ah ! c'est deux fois mourir d'amour !

A son retour, mais quelle ivresse,
Si l'exilé voit à la fois
Accourir sa belle maîtresse,
L'ami qu'il connut autrefois !
Les retrouver dans sa patrie
Tendres comme le premier jour,
Dans leurs bras renaître à la vie,
Ah ! c'est deux fois mourir d'amour !

LE TOMBEAU DE NAPOLÉON.

CHANSON PATRIOTIQUE.

Air de Téniers.

OU

A soixante ans il ne faut plus remettre.

Chante ô mon luth le deuil de la patrie!
Ne redis plus le doux chant des amours!
Aux sombres bords celle qu'il a chérie
A vu s'enfuir son héros pour toujours!!!
S'il consacrait son glaive à sa défense,
Ses justes lois avaient su l'affermir :
Il se vouait au bonheur de la France;
Jamais, hélas! il n'aurait dû mourir!

Napoléon, si ton ombre sublime
Pouvait un jour sortir de ton cercueil,
Sous des cyprès que la douleur anime
Tu trouverais toute la France en deuil :
Ce deuil s'étend sur la nature entière,
Et les beaux jours avec toi semblent fuir :
A son pays quand la vie est si chère
Jamais, hélas! on ne devrait mourir!!

Français, pleurons le héros dont la gloire
Fut d'être ensemble, et légiste et guerrier ;
Qu'un monument, au temple de mémoire,
S'élève et soit ombragé d'un laurier !
Plus d'un soldat, dont il était le père,
Près de sa tombe, en poussant un soupir,
Du bout d'un glaive, écrira sur la pierre :
« Ci git celui qui n'eut pas dû mourir !! »

A TOI.

ROMANCE.

Air : Au pied de la croix solitaire.

Tu me demandes si je t'aime !
Demande, si pendant la nuit,
Dans un songe plein de toi-même,
L'amour m'occupe en mon réduit.
Demande à la riante aurore
Si, quand Morphée est loin de moi,
Ma première pensée encore
A mon réveil n'est pas pour toi.

Le jour, demande à la fauvette,
A qui je songe en l'écoutant ;
Demande à l'humble violette
A qui je pense, en la voyant ;
Demande aux fleurs, demande à l'onde,
Demande aux bois pleins de ma foi,
Demande aux champs, demande au monde,
Tout te dira que c'est à toi.

Et si le soir, dans le bocage,
Venant rêver sur le gazon,
Tu veux savoir qui, sous l'ombrage,
Mon luth chante dans le vallon ;
Demande à l'écho qui murmure,
Demande à l'oiseau plein d'effroi,
Demande à toute la nature,
Elle te répondra : C'est toi !

PÉLERINAGE A SAINT-NICOLAS.

Musique du chevalier Lagoanère.

Air : Voyez la mer tranquille.

(Se trouve chez Joly, arcade de l'Institut).

Au bois où chaque belle
Jadis portait ses pas,
Au pied de la chapelle
Du grand Saint-Nicolas ;
A genoux, en silence,
Tenant panier fleuri ;
Priait naguère Ermance,
Demandant un mari.

O saint! dit la bergère
A Nicolas des bois,
Accorde à ma prière
Un époux de ton choix ;
Qu'il soit plein de constance ,
Et de tendresse aussi.
Tel que dès mon enfance
Je désire un mari.

C'est en vain que ma mère
Me redit chaque jour :
O fille trop légère !
N'écoute pas l'amour.
Mais l'or, ni l'opulence,
Ne m'ont jamais souri;
Et depuis mon enfance
Je désire un mari.

Il est là qui l'écoute,
Sous la voûte d'azur.
Le vœu du saint, sans doute,
Avait conduit Arthur.
Du ton naïf d'Ermance
Son cœur est attendri :
Ami de son enfance,
Il devient son mari.

LES VOEUX D'UN AMANT.

ROMANCE.

Air : Passant auprès d'un cimetière.

Je voudrais une jeune amie,
Dont je connusse à fonds le cœur,
Aussi fidelle que jolie,
Dont la bonté fit mon bonheur.
De sa retraite que j'ignore,
Je l'appelle, afin de l'aimer,
Mon cœur envain la cherche encore;
   Où la trouver ? (bis).

Je voudrais qu'elle fût sincère,
Et ne m'aimant pas à demi,
Enfin qu'elle fit tout pour plaire
A son heureux et tendre ami.
De sa retraite que j'ignore,
Je l'appelle, afin de l'aimer.
Mon cœur en vain la cherche encore,
   Où la trouver? (bis.)

Sexe charmant, sans vous déplaire,
Je voudrais une femme à moi !
S'il en est une sur la terre,
Qu'elle vienne agréer ma foi !
De sa retraite que j'ignore,
Je l'appelle, afin de l'aimer.
Mon cœur en vain la cherche encore,
   Où la trouver? (bis.)

LE SAULE PLEUREUR,

Chant élégiaque,

Musique de Ch. PLANTADE.

Saule chéri de la mélancolie,
Ton vert feuillage, ornement des tombeaux,
Plaît à mon cœur fatigué de la vie :
J'aime à te voir incliné sur les eaux.

Naguère encor, dans le printemps de l'âge,
J'eus comme toi quelques moments heureux;
Au tendre amour tu prêtais ton ombrage,
Je le chantais sur mon luth amoureux.

Mais aujourd'hui même sort nous entraîne,
Tous deux en butte aux caprices du temps :
Quand l'infortune, hélas ! cause ma peine,
Tes longs rameaux sont courbés par les vents.

Aux noirs autans ta feuille abandonnée
Tombe, frémit, s'élève tour à tour :
Ainsi j'ai vu s'enfuir chaque journée
Comme un ruisseau qui coule sans retour.

J'ai vu passer comme une ombre éphémère,
Comme une fleur qu'un souffle fait mourir,
Le temps ailé dont la trace légère
N'a point encor marqué mon souvenir.

Le doux parfum d'une tige fleurie
Du moins s'exhale en survivant aux fleurs ;
D'un inconnu la mémoire s'oublie,
Et nul sur moi ne versera des pleurs !

Aucun laurier sur ma tombe isolée
N'élèvera son glorieux abri :
Puisse mon luth, au pied du mausolée,
Dormir en paix auprès de son ami !

LE BUCHERON.

ROMANCE MORALE.

Air *du* Matelot *ou* Dans les beaux temps
de la chevalerie.

L'airain sacré retentit sous la voûte,
Et le son meurt devers l'écho lointain ;
Le voyageur déjà reprend sa route,
L'homme des champs ses travaux du matin.
Un bûcheron, de sa triste demeure,
D'un bois épais a gagné le séjour ;
Et, l'œil en pleurs, il attend et craint l'heure
Où le soleil doit marquer son retour.

« Qu'ai-je donc fait au dieu de la lumière ?
» Est-il mortel plus que moi malheureux ?
» Pauvre je suis, sans appui sur la terre,
» Le riche seul a la faveur des dieux !
» Pour ses plaisirs s'épuise la nature ;
» L'homme l'encense et l'admire toujours :
» Hélas ! et moi, comme une fleur obscure,
» Dans les forêts j'aurai passé mes jours ! »

Comme il parlait, l'arène dispersée
Soudain s'élève et vole en tourbillon ;
Du chêne altier la feuille balancée
Tombe et murmure aux pieds du bûcheron ;
Et Jehova *, pour calmer sa tristesse,
Sort d'un nuage et dit avec douceur :
« Le bien, mon fils, n'est pas dans la richesse,
» Mais la vertu fait seule le bonheur ».

* L'Eternel.

AGAR ET ISMAEL

DANS LE DÉSERT.

Romance tirée de l'Ecriture sainte.

Air : De l'Eternel je chante les louanges.
(*Musique de M*^{lle} *Loïsa* Puget.)

« Viens, Ismaël ! tout présage un orage ;
L'autan mugit autour du voyageur,
Et dans le ciel le plus sombre nuage
Menace Agar de toute sa fureur.
Le vent excite un bruit sur l'onde amère,
La nue épaisse a dérobé le jour :
O mon cher fils ! sur le sein de ta mère
Dois-tu périr avant notre retour ?

» Un éclair luit : la chaleur nous dévore,
Et nul abri devant moi n'est offert !
A tous nos maux la soif ajoute encore :
Pas une source en ce triste désert !
Mais, de ce roc, qui vient frapper la cime ?
Le ciel s'entr'ouvre et répand la clarté :
Dieu voudrait-il, dans sa fureur sublime,
Eteindre Agar et sa postérité ? »

Un ange vient, tout radieux de gloire,
Abat son vol vers le pied du rocher :
« Voilà, dit-il, la source où tu dois boire ;
En vain ailleurs tu voudrais la chercher.
A ton fils Dieu promet une compagne
Et des enfants si nombreux et si beaux,
Que le palmier qui croît sur la montagne
Ne peut compter plus de naissants rameaux

LA ROSE DU RIVAGE.

ROMANCE.

Musique d'Urbain Meurger,
Ou

AIR : Tu viens encore, aimable printemps.
(*Boieldieu.*)

Fleur du rivage
Qui ne vis qu'un matin,
L'homme partage
Ton bizarre destin.
Tu viens d'éclore,
Tu reçois le zéphir :
A notre aurore
Nous cherchons le plaisir.

Lorsque ta tige
Fleurit par un beau jour,
Un doux prestige
Nous charme par l'amour.
Mais une épine
Environne ta fleur :
La peine mine
Nos instants de bonheur.

Le triste automne
T'enlève tes attraits :
L'âge nous donne
Aussi quelques regrets.

Un vent perfide
Te fait pencher vers l'eau :
Le temps rapide
Nous conduit au tombeau.

Aimable rose,
Même sort nous avons ;
En quelque chose
Pourtant nous différons :
L'hiver t'entraîne,
Tu renais au printemps :
Rien ne ramène
Le cours de nos beaux ans.

CORINE AU CAP DE MYCÈNES.

A la Mémoire de Mme de Stael,
Auteur du roman de *Corine* ou *l'Italie*.

Air : Souffle de l'être qu'on adore.

(LAMPARELLI).

« La lune, à la voûte éthérée,
Croît et s'élève avec lenteur :
Telle luit la lampe sacrée
Qui brille au temple du Seigneur.
Du creux de ce rocher sauvage,
Dont ma voix charme le réduit,
Je crains de voir quelque nuage
Voiler le globe de la nuit. »

» Du roc l'onde se précipite
Et renverse tout dans son cours,
Toujours inégale en sa fuite :
Voilà l'image de mes jours.
Ah ! que ne puis-je, avant l'aurore,
Dissiper un présage affreux,
Au son de ma harpe sonore,
Au bruit du torrent écumeux ! »

» Vous qui venez, dans ces campagnes,
Offrir à la Vierge des fleurs,
Demain, ô mes jeunes compagnes !
Sur moi vous verserez des pleurs.

Quand de la lune qui m'éclaire,
Une ombre, objet de mon effroi,
Aura fait pâlir la lumière,
Bergères, vous prierez pour moi ! »

Ainsi la muse d'Italie
Faisait frémir sa harpe d'or,
Quand les échos de la patrie
A sa voix répondaient encor.
Phébé pâlit : l'ombre éphémère,
Voila le luth délicieux ;
Et Corine, en quittant la terre,
Du doigt encor montrait les cieux.

LES RUINES D'UNE CHAPELLE.

ROMANCE.

Musique du Chevalier Lagoanère.

OU

AIR : *Souvenir du bel âge.*

Appuyé sur la pierre
Que l'if orne à l'entour,
Un jeune solitaire
Rêve et se dit un jour :
Sans doute le lierre
Qui décore ces lieux
Ombrage la poussière
D'un mortel vertueux ! } *bis.*

Là, je crois voir encore
La lampe qui veillait
Sous la voûte sonore
Où Corine priait ;
Demandant à Marie ,
Vœux hélas ! superflus !
Un retour à la vie
Pour l'ami qui n'est plus. } *bis.*

La colombe plaintive
Qui soupire le soir,
Sur la pierre captive
De l'antique manoir,
Dans les nuits me rappelle
L'accent pur et flatteur
De la vierge fidelle
Au temple du Seigneur !

Et cette urne isolée,
Renversée à demi,
Tenait au mausolée
De cet heureux ami !
Le temps, dans son passage,
Cruel et sans pitié,
Atteint jusqu'à l'hommage
De la tendre amitié !

LE FIGUIER,

ou

L'ATTENTE AU RENDEZ-VOUS.

Romance.

(Musique de Melle Loïsa Puget.)

AIR : *Au revoir, Louise, au revoir.*

Voile mes pas de l'ombre du mystère,
Feuillage vert, ami de la pudeur !
J'attends Alfred sous ton toit solitaire
Plus d'une fois témoin de mon bonheur.
Ah ! quand sa lyre, indiscrette et peu sage,
Auprès de moi ne chante que l'amour ;
Je crains toujours que le zéphir volage
N'emporte au loin le chant du troubadour.

Je crains hélas ! l'oreille d'une mère,
Et le vain bruit, et le monde jaloux,
L'erreur de ceux qui traitent de chimère
Doux sentiment, sans aimer comme nous.
Oui, quand sa lyre, indiscrette et peu sage,
Sous ton abri ne chante que l'amour ;
Je crains toujours que le zéphir volage
N'emporte au loin le chant du troubadour.

Ainsi parlait sensible chatelaine
Sous le figuier peu distant du manoir ;
L'heure sonnait à l'église prochaine.
Alfred ne vint au rendez-vous du soir ;
Toute la nuit attendit la pauvrette,
Et vainement revit l'aube du jour,
Sans craindre, hélas ! que la brise indiscrette
N'emporte au loin le chant du Troubadour.

L'ARABE

Au départ de son coursier tombé au pouvoir des Français à la bataille d'Isly.

ROMANCE.

Musique de Luigi Castellacci.

AIR *de Gaspardo*.

OU

De l'antique Italie.

Sous le ciel pur de l'antique Arabie,
Un jeune Maure, Africain troubadour,
Non loin d'Oran, sur sa lyre chérie,
Ainsi chantait au déclin d'un beau jour :
« J'aurai guidé, sur le sable mobile,
Tes pas légers qu'effaçait le zéphir ;
Sous d'autres mains tu deviendras docile ;
Mon beau coursier, hélas ! tu vas partir !

Au doux pays des timides gazelles,
De nos déserts tu faisais l'ornement ;
Et l'ennemi, dans ses courses cruelles,
Ne teignait point ses armes de ton sang.
Tu dessinais sur l'arène légère
Tes nobles pas, sans craindre ni souffrir,
Tu fouleras une terre étrangère ;
Mon beau coursier, hélas ! tu vas partir !

Mais ce départ est fixé pour la France ,
Console-toi d'un destin si nouveau ;
Quand un pays, des arts, de la science
Et de l'honneur fut surtout le berceau ;
Pour ce climat consacré par l'histoire,
Où l'olivier doit maintenant fleurir,
Je serai fier de ton sort plein de gloire
Si comme toi, je puis un jour partir !

L'ADIEU.

Air du Rendez-vous.

O mon amie, adieu, reçois l'hommage
De l'étranger qui n'aura pas mon cœur,
Qui te verra sans plaisir au passage ;
L'indifférent ignore le bonheur.

Déjà, je sens qu'à cet adieu funeste,
Mon cœur trahit mes regrets superflus ;
En te quittant, l'infortune me reste :
Plus de bonheur sitôt qu'on n'aime plus.

A mon départ, il faut fuir le délire
Que tes attraits m'inspiraient dans ce lieu :
J'aime est le mot duquel j'osai t'instruire,
Mais sans retour comment te dire adieu ?

LA FERTOISE.

ROMANCE

Sur les Dames de la Ferté-Bernard.
AIR : *Ce qui m'occupe*.
(Musique de l'Auteur.)
OU
AIR : *De t'adorer sans jalousie*.

Bernard, si tu vivais encore,
La Ferté, qui porte ton nom,
Obtiendrait, sur ton luth sonore,
Les honneurs du sacré vallon !
L'amour la préfère à Cythère,
Et chaque femme y sait charmer :
Ta muse auprès de l'art de plaire
Viendrait t'inspirer l'art d'aimer (1).

Ici, l'Amour, pour mieux séduire,
De l'Amitié prend les accents,
Et de la beauté qui l'attire
Flatte les charmes innocents :
Mais la beauté qui le devine,
Toujours fidelle à la pudeur,
A l'Amour présente une épine,
Et pour l'hymen garde sa fleur.

(1) L'art d'aimer de Gentil-Bernard.

Jeune étranger, si tu reposes
Dans cet asile plein d'attraits,
Où l'Amour cache sous des roses
Le plus dangereux de ses traits;
Ton cœur est blessé pour la vie,
C'est en vain que tu veux partir;
Il faut oublier ta patrie
Aux bords où tu voudrais mourir (2).

(2) **M.** Pesche a cité cette strophe dans son Dictionnaire de statistique de la Sarthe.

7.

L'AMANTE ABANDONNEE.

ROMANCE.

Musique d'Artus.

Hier encor, j'aimais les bois,
Qu'avec plaisir sous la verdure,
Des oiseaux j'écoutais la voix,
Et du torrent le doux murmure !
Mon âme, aux rayons d'un jour pur,
(D'Alfred alors j'étais chérie)
Comme la fleur de la prairie
S'entr'ouvrait sous un ciel d'azur.

Mais aujourd'hui, petits oiseaux,
Je n'aime plus à vous entendre :
L'ingrat me quitte, et ces berceaux
N'ont plus pour moi rien d'aussi tendre :
En vain les échos d'alentour
Répètent des chants d'allégresse;
Hélas ! en proie à ma tristesse,
Je n'aime plus les chants d'amour.

L'astre du jour vient de pâlir,
Dans le village l'airain sonne,
D'espoir, de crainte et de désir,
Je ne sais pourquoi je frissonne...
C'était l'heure, où plein de sa foi,
Serment effacé par la brise ;
Sur le sable où je suis assise
Sa main grava : *N'aimer que toi* !

L'AUBADE.

Musique d'Haynd

Se trouve chez Joly, éditeur, arcade de l'Institut.

OU

AIR : **Eh ! vogue ma nacelle.**

Daigne écouter la lyre
D'un pauvre troubadour.
Il chante son martyre
Aux échos d'alentour :
Ah ! si le mot *je t'aime*
Te plait chanté par moi,
Pour le dire de même,
De grâce éveille-toi.

Déjà la blonde aurore
Se lève avec le jour,
Eh ! quoi ? tu dors encore
Quand tout parle d'amour?
Ah ! si le mot *Je t'aime*
Te plait chanté par moi,
Pour le dire de même,
De grâce éveille-toi.

Déjà la tourterelle,
Attentive à ce son,
A son ami fidèle
Répète ma chanson.
Ah ! si le mot *Je t'aime*
Te plait chanté par moi,
Pour le dire de même,
De grâce éveille-toi.

LA CROIX DE LA BERGÈRE D'IVRY.

ROMANCE HISTORIQUE.

Musique de Luigi Castellacci.

ou

Air du Rendez-vous.

Déjà l'airain, dans l'antique Lutèce
De la prière a donné le signal ;
Et, le cœur plein d'une douce tristesse,
J'errais pensif dans un sentier fatal.

Vers le détour, un hermite s'avance..,
— O bon vieillard ! demeurez un instant.
Pourquoi ces fleurs que la brise balancè
De cette croix font-elles l'ornement ?

— Mon fils, la croix de ce lieu solitaire
Révèle un crime à l'éclat du grand jour.

D'un seul regard interrogez la pierre ;
Vous connaîtrez les fureurs de l'amour.

Du Dieu victime une vierge timide
En vain échappe à l'amant qui la suit,
Elle tomba sous le fer homicide
Comme une fleur dans l'ombre de la nuit !

LE MÉNESTRIER D'ALENÇON.

CHANSONNETTE HISTORIQUE.

Au sujet du voyage de l'Empereur en Normandie, à son passage à Alençon, accompagné de Marie-Louise, en 1811.

Air : *Passant auprès d'un cimetière.*

Dans un hameau je pris naissance,
Mon violon est mon seul bien ;
Et le doux plaisir de la danse
Fait vivre le musicien :
Chaque dimanche m'est prospère,
Les danseurs viennent me prier ;
Et Dieu protègera, j'espère,
Les vieux jours du ménestrier.

Roi des plaisirs de ce village,
Auteur de ses amusements,
Je suis heureux sous le feuillage,
Quand je fais danser les amants.
C'est là, si j'ai bonne mémoire,
Que le vainqueur du monde entier
Vint un jour, et dit, à ma gloire,
Continuez ménestrier.

Il m'en souvient, ce jour de fête,
Sous le vieux chêne il s'arrêta.
Il revenait d'une conquête ;
Avec douceur il nous parla :

Dansez, dansez, belle jeunesse,
Nous dit-il, de son destrier ;
Combien me plait vôtre allégresse
Au jeu du bon ménestrier !

Depuis ce temps, de ma mémoire,
Le grand homme ne put sortir ;
Son front était couvert de gloire,
Ses yeux rayonnaient de plaisir :
Il était près de son amie,
Il venait de se marier ;
Alors j'aurais donné ma vie
Pour être son ménestrier.

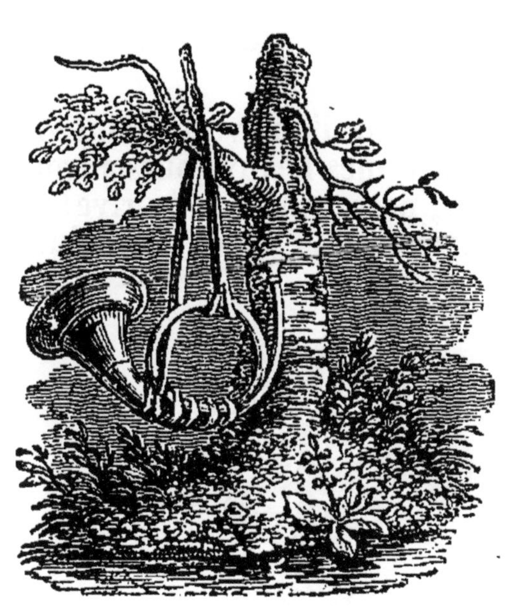

LA DAME DU LAC.

L'encens des fleurs vient d'embaumer la terre,
La brise au sens porte la volupté ;
Et de la nuit la pâle avant-courrière
Couvre le lac de son voile argenté.

La rame en main, debout sur sa nacelle
Comme Vénus sortant du sein des eaux
Au son du cor qui croît et meurt près d'elle
Dame paraît voguant au gré des flots.

Un beau chasseur dit d'une voix plaintive :
« Belle, sans vous, mes beaux jours auront lui,
» Ah ! par pitié, passez-moi sur la rive ! »
Malcom s'embarque, et l'Amour avec lui.

CHACTAS AU TOMBEAU D'ATALA.

AIR du Matelot,

ou

AIR : Je reviendrai.

Dieu d'Atala qui gouvernes l'orage
Tu fus témoin du mal qu'elle a souffert,
Mais insensible à la voix d'un sauvage
Tu m'as ravi la rose du désert ;
Pour me tirer de ce vallon de larmes
Mon triste cœur s'élève jusqu'à toi,
Pourrais-je encor survivre àtant de char-
mes,
Quand Atala n'existe plus pour moi ?

Près de la tombe où tu dors, mon amie,
Qu'auprès de toi mon cœur est agité !
Le pin s'incline, et la feuille jaunie,
Porte aujourd'hui le deuil de la beauté !
En vain ma voix à chaque instant t'appelle,
En vain l'amour prolonge mon espoir,
La mort te tient dans sa chaîne cruelle,
Jamais Chactas ne doit plus te revoir.

Du moins du saule imitant la tristesse,
Courbé vers toi, dans ce séjour d'horreurs,
Ne pouvant plus te peindre ma tendresse,
J'arroserai ton urne de mes pleurs.
— Ainsi Chactas, dans l'humble cimetière,
Où reposait la vierge des amours,
A l'Eternel adressait sa prière,
Pour l'éprouver Dieu prolongea ses jours.

LE PETIT MONTAGNARD.

J'ai bien la douce souvenance
Qu'habitant un lointain hameau,
Dans les montagnes de la France,
Enfant je gardais un troupeau ;
Et quand j'eus pris un peu plus d'âge,
Ma mère me dit, un beau jour :
Pour mieux gagner, pars du village,
Paris est un heureux séjour ;
    Adieu, mon fils, adieu,
    A la grâce de Dieu !

Ma mère, au bas de la montagne,
Me reconduisit en pleurant ;
Et déjà loin dans la campagne,
Adieu, dit-elle, mon enfant,
Prends, pour achever ton voyage
Ce peu que t'accorde ma main ;
Sois travailleur, honnête et sage,
Du bonheur voilà le chemin.
    Adieu, mon fils, adieu,
    A la grâce de Dieu.

Dans Paris, ville hospitalière,
Le travail vint à mon secours.
Riche, j'accours vers la chaumière,
Pour revoir l'auteur de mes jours.
Quand, pour offrir à sa misère,
Le tribut de mon cher trésor,
Hélas! je cherche en vain ma mère,
Sa voix semble me dire encor :
    Adieu, mon fils, adieu,
    Ta mère est avec Dieu.

SI J'ETAIS HIRONDELLE !

ROMANCE.

Musique de L. Rousseau.

(Se trouve chez Joly, éditeur de musique, Arcade
de l'Institut.)

Dans la chapelle du couvent,
Ainsi chantait none légère :
Pour être hirondelle un moment,
Dieu, je t'adresse ma prière ;
Au doux printemps changée ainsi,
Sans crime je pourrais, comme elle,
Revoir le toît de mon ami ;
    Si j'étais hirondelle !

Je pourrais dans son parc de fleurs,
En effleurant le lac mobile,
Voir sous le saule ami des pleurs
Couler peut-être ceux d'Edile ;
Puis, doucement dans son réduit,
Pour m'assurer s'il est fidèle,
Me faufiler durant la nuit,
    Si j'étais hirondelle !

Puis, sous le dôme de sa tour,
Dont j'aï gardé la souvenance,

J'irais veiller avec l'amour,
Et voir s'il me lit, dans l'absence ;
S'il pleurait sur mon sort nouveau ;
Pour qu'il l'oublie, ah! d'un coup d'aile
Soudain j'éteindrais son flambeau :
    Si j'étais hirondelle !

Mais si Morphée, en ce moment,
D'une autre occupait sa pensée,
Je ferais gémir, en volant,
Ma harpe par lui délaissée :
Un son, l'éveillant plein d'effroi,
Semblerait dire à l'infidèle :
Tu m'oublîrais vite, je croi,
    Si j'étais hirondelle !

L'ILLUSION.

CHANSON PHILOSOPHIQUE

AIR : Trouverez-vous un parlement ?

Illusion, fille des cieux,
Tu nous fais croire sur la terre
A l'amour pur et vertueux,
A l'amitié tendre et sincère ;
Par toi l'homme paraît meilleur,
La femme est digne de constance :
Ah ! si tu n'es pas le bonheur,
Tu nous en offres l'apparence !

De tes couleurs, ô déité !
Le peintre enrichit sa palette ;
Tu sers les arts et la beauté,
Tu touches le luth du poète,
Tu conduis la main de l'auteur
Qui se croit immortel d'avance :
Ah ! si tu n'es pas le bonheur,
Tu nous en offres l'apparence !

De la raison quand le flambeau
A fait pâlir ton météore ;
Eclairé par un jour nouveau,
En vain l'homme te cherche encore :
Au grand jour ton éclat trompeur
Fuit avec l'âge qui s'avance,
Et si tu n'es pas le bonheur,
Tu nous en offres l'apparence !

S.

BACHELETTE.

ROMANCE.

Musique de L. Rousseau,

Ou

Air : Je lis les vers de Dufresnoy.

Ecoutez-vous, ô bachelette
Que j'aperçois sur cette tour,
Ecoutez-vous la chansonnette
Que m'inspire le dieu d'amour ?
Ah ! lorsque ma voix vous implore,
Durant des moments aussi doux,
Je puis vous demander encore,
Ecoutez-vous ? écoutez-vous ?

Ecoutez-vous sous le feuillage
L'oiseau qui chante ses amours ?
Si vous comprenez ce langage,
Il dit : Je t'aimerai toujours.
Même serment, ô bachelette !
Par moi fut fait à vos genoux.
Ah ! quand ma bouche le répète,
Ecoutez-vous ? écoutez-vous ?

Ecoutez-vous ? je ne demande
Qu'un simple aveu pour seul retour.
Hélas ! c'est la plus belle offrande
Qu'on puisse faire au troubadour !

Si je l'obtiens, ô bachelette !
Mon bonheur sera des plus doux :
Ah ! lorsque mon cœur le souhaite,
Ecoutez-vous ? écoutez-vous ?

C'est ainsi que, sous la tourelle
Où gémissait gente beauté,
Chantait un troubadour fidèle,
Plein d'amour et de loyauté.
Rien ne répondit bachelette,
Craignant l'oreille des jaloux ;
Tandis qu'Echo, bien moins discrète,
Disait encor : Ecoutez-vous ?

LE COMBAT DU MUSICIEN

ET DU ROSSIGNOL.

Imitation d'un poëme latin de Strada, célèbre
Jésuite du 17me siècle.

**Musique d'ANDRADE, Professeur de chant
au Conservatoire,**

Ou

Air : Souvenir du bel âge.

Au pied de la masure,
Débris d'un vieux castel,
Pendant la nuit obscure,
Chantait un ménestrel.
Sous la fraîche ramée
Du lierre toujours vert,
Philomèle* charmée
Imitait ce concert.

O chantre du bocage,
Dit Edgard plein d'émoi,
Aurais-tu le courage
De lutter avec moi?

* Le rossignol.

Et ses doigts sur la lyre
Ont varié le ton ;
C'est l'écho qui soupire,
C'est le bruit du clairon.

En vain de la victoire
Le chantre ailé des cieux
Dispute encor la gloire
Au barde harmonieux.
Le rossignol expire
A ce dernier effort,
Et sa tombe est la lyre
Sur laquelle il s'endort.

LE JOUEUR DE MUSETTE.

Ronde à danser,

MUSIQUE DE L'AUTEUR.

REFRAIN.

Amusez-vous, mes chers enfants ;
Le temps s'avance,
Et que la danse
Fasse passer d'heureux moments
Aux filles, ainsi qu'aux amants.

Le bon curé de ce village,
Après le service divin,
Sans offenser Dieu, vous engage
A répéter mon doux refrain :
Amusez-vous, etc.

Souvent dans mon humble retraite
Du pauvre j'apaise la faim ;
Dansez au son de ma musette,
Afin de lui donner du pain.
Amusez-vous, etc.

Le vent souffle dans ma chaumière,
Et souvent je n'ai pas de feu ;

Mais pour la rendre hospitalière,
Et pour me soulager un peu,
     Amusez-vous, etc.

Le printemps fuit. De sa couronne
Une fleur tombe chaque jour :
Voulez-vous retarder l'automne?
Buvez du vin, faites l'amour.
     Amusez-vous, etc.

LA RECETTE DU DOCTEUR.

CHANSON DE TABLE.

AIR : Gai! gai! mon officier.

Buvons, chantons,
Rions, aimons;
La vie
Veut la folie;
Pour le bonheur
Est-il docteur
Qui trouve avis meilleur?

C'est pour me rendre utile
A tout le genre humain,
Que sur mon luth facile
Je chante ce refrain :
  Buvons, etc.

Dans chaque jour de fête
J'ordonne à mes amis,
Pour leur santé parfaite
L'absence des soucis.
  Buvons, etc.

A l'amant qui sait plaire
J'ordonne un doux retour;
A la beauté sévère
Un petit grain d'amour.
  Buvons, etc.

Dans les champs de Bellone
Au valeureux guerrier,
A nos soldats j'ordonne
Des feuilles de laurier.
    Buvons, etc.

Messieurs, j'ordonne encore
A tout mari jaloux,
Une once d'ellébore,
Qui ne convient qu'aux fous.
    Buvons, etc.

J'ordonne à l'homme honnête
Les bois, l'air pur des champs;
A l'artiste, au poète,
Un petit grain d'encens.
    Buvons, etc.

Au fat qui nous ennuie,
Dont on craint les propos,
Afin qu'on les oublie,
J'ordonne les pavots.
    Buvons, etc.

Aux amis de la treille,
Pour les guérir soudain,
J'ordonne la bouteille,
Et leur verse du vin.
    Buvons, etc.

L'ORACLE DES FLEURS.

A MARGUERITE, MA MÈRE,

En lui envoyant dans une lettre une marguerite,
pour le jour de sa fête.

De ses trésors Flore a jonché la terre :
Parmi ses dons, le plus cher à mon cœur,
La marguerite est celui que préfère
L'Amour absent interrogeant la fleur.

Tombe en ce jour, ô blanche fleur que j'aime !
Quitte ces lieux qu'habite le zéphir ;
Pare mon sein, et d'une autre moi-même
Rappelle-moi toujours le souvenir.

Fille des champs, sèche à ma boutonnière ;
Un tendre fils te garde ce destin.
Quand j'ai le cœur tout rempli de ma mère,
Dois tu mourir ailleurs que sur mon sein ?

Mais sous mes doigts, tremblante, elle s'ef-
                                    feuille ,
Ta fleur, hélas ! que j'ose interroger,
Je crains l'aveu de la dernière feuille :
Pour moi ma mère a-t-elle pu changer ?

Non, me dis-tu. J'accepte ce présage,
L'espoir d'un fils, son suprême bonheur ;
Et je saurai par le prochain message
Que ton oracle est loin d'être trompeur.

AU TOMBEAU DE MA MÈRE.

Toi qui n'es plus, qu'une simple couronne
Orne ta croix, comme offrande de deuil !
Que le passant que la crainte environne
Respecte l'if qui croît sur ton cercueil !
Qu'il jette sur ta tombe une rose effeuillée,
    Au lieu d'y répandre des pleurs ;
    Car, avec le parfum des fleurs,
    Ton âme au ciel s'est exhalée.

AUX MANÉS DE WEBER

Auteur du Robin des Bois.

Mort en Angleterre,

CHANT ÉLÉGIAQUE.

O chantre de Lutèce et de la Germanie,
Toi dont le divin luth et la douce harmonie
Ont ému les échos de l'antique Albion !
Weber, je te salue !... Au temple d'Apollon ,
Sur le trépied sacré, le dieu de la musique
T'inspirait ses accords sous le ciel britannique,
Et le peuple enchanté t'érigeait un autel.
Hélas ! doit-on mourir, quand on est immortel ?

Chaque jour, à la mort il faut une hécatombe
Déjà la violette a fleuri sur ta tombe,
Et près du noir Cocyte, avec toi, malgré lui ,
Caron n'a pu passer le fleuve de l'oubli ;
Il écoute en sa barque, assis sous un trophée,
Ce luth harmonieux qui, sous les doigts d'Orphée.
Jadis charmait les dieux du manoir infernal,
A l'époque où le chantre, atteint d'un sort fatal,
Recherchait Euridice au fond du sombre empire.

Ah ! tel sera toujours le pouvoir de la lyre !
Rien ne peut résister à son charme puissant ;

Et l'immortalité couronne le talent.
Ta lyre désormais et muette et voilée
Dort, à l'if, suspendue, au pied du mausolée.
Mais la jeune bergère, au déclin d'un beau jour,
De ton chœur favori (1) redit le chant d'amour,
S'incline avec respect vers la lyre sonore,
S'éloigne en soupirant et croit l'entendre encore.

(1) Chœur de Robin des bois.

LE PAUVRE PÉLERIN.

A JULIE.

Au fer du temps si la fleur du bel âge
Cède trop tôt, échappant à nos vœux,
Dans mes vieux ans, sur mon trop court passage,
J'aurai trouvé qui me rendit heureux !

Déjà je touche au but de ma carrière,
Bientôt les ifs couvriront ce chemin,
Et le passant visitera la pierre
Où dormira le pauvre pèlerin.

Alors, pour moi, quand la cloche, au village,
Aura tinté vers le déclin du jour,
Las ! si tu viens pleurer dans le bocage,
Les fleurs naîtront des larmes de l'amour.

LE VIN.

CHANSON BACHIQUE.

AIR : C'est l'amour, l'amour, l'amour.

Qui nous charme ? qui nous enflamme ?
Qui fait naître notre gaîté ?
Qui rend l'énergie à notre âme ?
Qui porte aux sens la volupté ?
  Du Dieu de l'harmonie,
  Qui rend puissans les sons ?
  Inspire à la folie
  De joyeuses chansons ?

C'est le vin, le vin, le vin
Ce doux jus de la treille ;
Amis, gloire à la bouteille
Qui nous met tous en train.

Qui fait que l'ardente jeunesse
Souvent méprise la raison ?
Qui donne à la froide vieillesse
Un reste encor d'illusion ?
  Qui rend auprès des belles
  Tous nos instants si courts ?
  Qui donne au temps des ailes ?
  Des flèches aux amours ?

C'est le vin, etc.

Qui console dans la misère?
Qui fait que la terre est à soi?
Érige en palais la chaumière
Du berger plus content qu'un roi?
  Dans le château qu'éclaire
  Un foyer généreux,
  Assis près de son verre
  Qui rend le riche heureux?

    C'est le vin, etc.

Du coloris de l'espérance
Qui peint riant notre avenir?
Qui rend plus chère notre France,
Quand on voit la vigne fleurir?
  Qui fait naître la gloire!
  Les immortels lauriers?
  Qui donna la victoire
  A nos braves guerriers?

    C'est le vin, etc.

Joyeux enfants de la folie
Qui bannissez les noirs chagrins,
Sur la lyre de Polymnie
Vous qui chantez de gais refrains,
  Qui fait qu'à cette table
  Nous sommes réunis?
  Qui rend chacun aimable,
  Et nous fait tous amis?
    C'est le vin, etc.

LA COLONNE DE JUILLET.

Air : Dis-moi, mon vieux , dis-moi, t'en
souviens-tu ?

Héros, par qui notre charte immortelle
Obtint jadis un succès glorieux ;
Vous êtes morts en combattant pour elle ,
Mais vous vivrez parmi nos demi-dieux !
Dans ces trois jours d'éternelle mémoire,
Quand le tocsin du sol troublait la paix,
Votre sang pur achetait la victoire
On ne pourra vous oublier jamais !

Un faible roi voulait des hécatombes,
Et votre sang a rougi son drapeau !
La liberté, renaissant de vos tombes,
Offre sans tache un étendard nouveau.
Planté par vous sur notre territoire,
On voit flotter le vrai drapeau français ;
Ses trois couleurs rappellent votre gloire,
On ne pourra vous oublier jamais !

Le citoyen, l'épouse désolée,
L'ami, l'enfant, une mère, des sœurs,
Viennent pleurer sur votre mausolée
En l'entourant de guirlandes de fleurs.
Si le laurier sied aux fils de la gloire,
Le myrte naît des plus tendres regrets ;
Et dans les cœurs autant que dans l'his-
toire.
On ne pourra vous oublier jamais !

A UNE JEUNE FILLE.

AIR du calme.

Le matin de la vie
Est l'instant de charmer;
Aime, vierge jolie,
Tandis qu'on peut aimer.
La fleur la plus sauvage
S'épanouit un jour :
Il n'est beauté si sage
Qui ne cède à l'amour.

Vois la rose penchée
Que l'aquilon détruit :
Sa feuille desséchée
Tombe à terre et frémit.
La fleur la plus sauvage
S'épanouit un jour :
Il n'est beauté si sage
Qui ne cède à l'amour.

Le papillon agile
Se retire à l'écart;
Ah! c'est peine inutile
De soupirer trop tard !
La fleur la plus sauvage
S'épanouit un jour :
Il n'est beauté si sage
Qni no cède à l'amour.

AUPRÈS DE TOI.

Air : **Je reviendrai.**

Toujours rempli de ton mérite,
Hélas! dis-moi par quel malheur
A l'instant même où je te quitte
J'éprouve un vide dans mon cœur.
Tout m'ennuie, et le plaisir même
N'a plus aucun attrait pour moi ;
Je ne sens de bonheur suprême
    Qu'auprès de toi.

A ton aspect quel dieu m'inspire ?
Quel feu secret trouble mes sens ?
Je ris, je pleure, je soupire,
Je ne sais plus ce que je sens :
Mon âme égarée, éperdue,
Semble vouloir s'enfuir de moi ;
Ma raison enfin est perdue
    Auprès de toi.

Dans ces courts instants de délire
Je cherche à lire dans tes yeux ;
Tu n'aurais qu'un seul mot à dire
Pour me rendre l'égal des dieux.

Ah! de grâce, dis-moi *je t'aime*,
Ce doux langage est tout pour moi;
Mon bonheur dépend de toi-même
    Auprès de toi.

Toujours léger comme la rose
Qu'effeuille le souffle des vents,
Bien fou, dit-on, qui se repose
Sur les amours, sur les serments!
Pourtant tu n'as point d'infidèles,
Et si j'en juge d'après moi,
L'amour volage n'a plus d'ailes
    Auprès de toi.

VAUCLUSE.

Air de Caleb.

Source limpide, beau rivage,
Climat habité par l'amour,
Ciel toujours pur, heureux bocage,
Arbres témoins de mon retour,
De Laure asiles solitaires,
Où, sur l'écorce de ces bois,
L'amour grava ces caractères,
Qu'avec plaisir je vous revois!

Quand, sous l'image d'une rose,
Laure en ces lieux venait s'offrir,
Sous un myrte où l'amour repose,
Pétrarque chantait le plaisir :
Brisant ses traits dans son délire,
L'amour de dépit irrité,
Au chantre dérobait sa lyre
Pour mieux soumettre la beauté.

Aujourd'hui sa lyre est muette :
Ces lieux partagent mes regrets,
Et sur la tombe du poète
Le myrte se change en cyprès.
Ces beaux gazons, foulés par Laure,
Que le vent agite en ce jour,
A mon âme semblent encore,
En murmurant, parler d'amour.

FRANCINE.

Romance d'un Roman de l'Auteur.

Musique de A. MEISSONNIER.

Se trouve au Bureau du Ménestrel, rue
Vivienne.

Tout est calme, tout est paisible,
Tout sommeille dans le hameau ;
Déjà la bergère sensible
Ne rêve plus sous cet ormeau ;

Et les oiseaux, avant l'aurore,
Dorment en attendant le jour :
Mon luth en main je chante encore,
Et veille seule pour l'amour.

Deux colombes, sous la verdure,
Se livrent à leurs tendres feux :
Hélas ! tout dit dans la nature
Qu'il faut aimer pour être heureux.
Mais quand ce couple ailé s'adore,
Pourquoi faut-il qu'après le jour,
Mon luth en main je chante encore,
Et veille seule pour l'amour ?

Si maintenant sur cette rive
Mon tendre ami rêvait à moi,
S'il entendait ma voix plaintive,
Pourrait-il douter de ma foi ?
Dans ma retraite, qu'il ignore,
Il verrait qu'au déclin du jour,
Mon luth en main je chante encore,
Et veille seule pour l'amour.

LA BOUTEILLE.

CHANSON DE TABLE.

AIR : Prenons d'abord l'air bien méchant
(d'*Adolphe et Clara*).

Un brillant enfant d'Apollon
Peut quelquefois flétrir sa gloire,
Quand, indigne de son renom,
Ce bel-esprit ne sait pas boire.
Amis, dans ce banquet joyeux
Où Bacchus à nos voix s'éveille,
L'esprit qui nous plaira le mieux, (bis).
Ah ! c'est celui de la bouteille.   (bis.)

Un musicien déjà fort
Sur les trois clés s'exerce en brave ;
Celle dont il se sert d'abord,
Messieurs, c'est la clé de la cave.
Amis, dans ce banquet joyeux
Où Bacchus à nos voix s'éveille,
L'air qui doit nous plaire le mieux,
C'est le glou glou de la bouteille.

Ce peintre de joyeuse humeur
Dont Silène embellit la vie,
Trouve souvent dans la liqueur
Des étincelles de génie.

Amis, dans ce banquet joyeux
Où Bacchus à nos voix s'éveille,
Quelle couleur nous plaît le mieux?
Celle du jus de la bouteille.

Tous les systèmes sont divers :
Entre savants point d'harmonie.
L'un voit du vide dans les airs,
L'autre du plein chez Uranie.
Qu'importe que le roi des cieux
Fasse l'une ou l'autre merveille?
Le vide ne blesse nos yeux
Qu'en le trouvant dans la bouteille.

DECLARATION D'AMOUR.

ROMANCE.

AIR : Je vais revoir ma Normandie.

Souvent je rêve et je soupire,
Un tourment secret, chaque jour,
Accroît encore le délire
Que m'inspire un brûlant amour.
Entre la crainte et l'espérance
Mon triste cœur flotte incertain ;
Pour te dire ce que je pense,
J'attends toujours, toujours au lendemain.

Si je me tais, c'est un mystère,
Tu ne peux lire dans mon cœur,
Et, si je parle, comment faire?
Je puis alarmer ta pudeur.
Entre la crainte et l'espérance
Mon triste cœur flotte incertain ;
Pour te dire ce que je pense,
J'attends toujours, toujours au lendemain.

Mon cœur trop plein de sa tendresse
Est contraint de la dévoiler ;
Je t'aime, et t'aime avec ivresse,
Daigneras-tu me pardonner ?
Entre la crainte et l'espérance
Ne me laisse pas incertain ;
Pour me dire ce que tu pense,
Ah ! n'attends pas, Lise, jusqu'à demain.

LE LÉZARD.

Le long d'un mur d'argile,
Sous le lierre rampant,
Tu fuis, lézard agile,
A l'aspect du méchant.
Va, ne crains pas l'approche
D'un ami tel que moi,
Sans tache, sans reproche,
Hermite comme toi.

De l'homme, ami fidèle,
Sans moi, si quelque soir,
Au pied de la tourelle
Corine vient s'asseoir,
Dans les plis du feuillage
Immobile à propos,
Ne bruis pas sous l'ombrage,
Respecte son repos !

Mais si , vers la masure,
Des nuits l'astre fatal
Guidait la marche obscure
D'un odieux rival,
Sous la gaze légère
Qui voile ses appas,
Avertis ma bergère
Du danger de ses pas.

JE SONGE A TOI.

Air : Du premier pas.

Je songe à toi , toi qui causes ma peine
Lorsque le jour répand ses feux sur moi,
Et vers le soir, lorsque je me promène
Si flore vient embaumer mon haleine,
Je songe à toi.

Je songe à toi, quand la rose fleurie,
Par ton portrait me cause un doux émoi,
Et des tilleuls quand la feuille jaunie
Me dit qu'il faut abandonner la vie,
    Je songe à toi.

Je songe à toi, quand ma lyre légère
Du tendre amour chante la douce loi,
Et quand la nuit succède à la lumière,
Lorsque Morphé a fermé ma paupière,
    Je songe à toi.

LE TAMBOUR.

RONDE A DANSER.

Musique de l'Auteur.

Au retour de la guerre,
Un jeune et beau tambour,
Sur un ton militaire
Répétait tour à tour :

REFRAIN.

Dansons, rions
Et folâtrons,
Vive la vie
Et la folie !

Heureux l'amant
Qui fait gaîment
L'amour tambour battant!

Gentille bergerette
S'offre sur son chemin,
Abordant la fillette
Il lui dit son refrain :
Dansons, rions, etc.

Adèle prend la fuite,
Le beau tambour courant,
Bat la charge de suite
Et l'atteint en chantant :
Dansons, rions, etc.

A la fin cette belle
Prend plaisir à ce jeu.
Je n'ai plus peur, dit-elle,
Bats donc encore un peu.
Dansons, rions, etc.

Mais il bat la retraite
Lassé de son bonheur.
D'une jeune fillette
Veut-on toucher le cœur?

Dansons, rions
Et folâtrons,
Vive la vie
Et la folie !
Heureux l'amant
Qui fait gaîment
L'amour tambour battant.

LA PRIÈRE DU SOIR.

ou

LE RETOUR DU MÉNESTREL.

Musique de l'Auteur.

Au pied d'une madone,
Marie, avec ferveur,
Invoquait sa patrone
Pour l'ami de son cœur :
« De Dieu puissante mère
» Protège son retour ;
» Et rends à ma prière
» L'objet de mon amour. } (bis.)

» Auprès de ta chapelle
» Il me fit ses adieux ;
» A ton culte fidelle,
» Je l'attends en ces lieux.
» De Dieu puissante mère,
» Protège son retour,
» Et rends à ma prière
» L'objet de mon amour.

» Las ! tout mon corps frissonne
» De crainte et de désir,
» Déjà l'angélus sonne
» Et la nuit va venir.

» De Dieu puissante mère,
» Protège son retour,
» Et rends à ma prière
» L'objet de mon amour,

» Mais la harpe sonore
» Résonne vers l'autel.
» Dieu, m'abusai-je encore ? »
— Non, dit le menestrel.
La vierge qui t'est chère
Protège mon retour ;
Et rend à ta prière
L'objet de ton amour.

LA CONVALESCENCE

D'UNE JEUNE FILLE, A SON AMIE.

AIR : Non je n'aime plus le printemps.

J'avais dit au dieu d'Epidaure :
Quand viendra le chantre des bois
Sous les feuilles chanter encore ,
Plus n'entendrai sa douce voix.
Je sens que la brise ennemie
Doit m'enlever avant ce temps.
Telle on voit l'amande fleurie
Tomber au souffle du printemps.

Hélas ! déjà plus d'une aurore
Etait témoin de mes douleurs.
Chaque soir je souffrais encore ;
Mon mal faisait couler mes pleurs.
Adieu, disais-je, adieu patrie,
Tout ce que j'aime ! adieu parents,
Je vais bientôt quitter la vie
Je ne verrai plus le printemps.

En proie à ma vive souffrance,
Des nuits redoutant le long cours,
Ainsi, je perdais l'espérance
De voir revenir les beaux jours.
Mais une douce et tendre amie
Veillait sur mes cruels instants ;
Ses soins m'ont rendue à la vie.
J'ai vu renaître le printemps.

ELVIRE.

CHANSON DRAMATIQUE.

AIR : Le soir brunissant la clairière.

Dans ces prés fleuris où le Rhône
Assis sous un toit de roseaux,
Sur le sable qui l'environne
Epanche ses rapides eaux ;

De la jeune et charmante Elvire
On aperçoit encor la tour :
En vain le temps voudrait détruire (bis.)
Ce qu'avait érigé l'amour.   (bis.)

Un jour, pour revoir cette belle ,
Le plus sensible des amants
S'arrête au pied de la tourelle
Que de lierre a paré le temps.
Tandis qu'en ces lieux tout repose ,
Il croit distinguer un soupir.
Est-ce Elvire? non c'est la rose
Qui s'ouvre au souffle du zéphir.

Il s'assied sous le vert feuillage,
Et penché sur son luth vainqueur,
Il veille et chante sous l'ombrage,
Pour prouver sa constante ardeur ;
Mais c'est en vain, sa douce lyre
N'émut que les échos des bois;
Elle eut touché le sombre empire,
L'amour n'entendit point sa voix.

Hélas ! dans sa douleur extrême,
Cet amant qui se croit trahi,
Accuse envain celle qui l'aime ;
Elle est plus à plaindre que lui.
Il retourne dans la prairie,
Où sans le savoir, ô douleurs !
Il foule aux pieds sa jeune amie
Que couvrait un tombeau de fleurs.

LE DÉPART.

Musique de l'Auteur,

ou

AIR : De l'Ange au ciel.

Dites pourquoi plus gaîment je respire
Et je renais sitôt que je la voi?
Pourquoi mon cœur plus lentement soupire
Lorsque le sort la sépare de moi?
Pourquoi l'oiseau, le rossignol fidelle,
Quand il gémit la nuit au fond des bois,
Par son doux chant aussitôt me rappelle
L'accent plaintif de sa touchante voix?

Combien j'aimais son tendre et doux sourire!
Ses blonds cheveux, son air plein de langueur,
Ses traits charmant qui peignent mon délire,
Et que j'emporte à jamais dans mon cœur!
Elle est partie et mon amour extrême
N'a point suivi la trace de ses pas!
Mon bonheur fuit avec celle que j'aime,
A son départ je ne survivrai pas.

Plus ne viendra le soir en ma demeure,
Et sur l'émail interprète du temps,
L'aiguille d'or ne marquera plus l'heure
Où son retour rendait nos cœurs contents.
Plus n'entendrai sa voix dans le bocage
Chanter mes vers au déclin d'un beau jour,
Sa main hélas ! ne doit plus sous l'ombrage
Me couronner des myrtes de l'amour.

LE LOUP.

CHANSONNETTE.

AIR à faire.

L'amour ne pensant guère
    Manquer son coup,
Moins fin qu'à l'ordinaire
    S'habille en loup.
Cachons, dit-il, mes charmes
    Sous cette peau ;
Ne craindra plus mes armes
    Que l'agneau.

Bergerette jolie
Se reposait
Sur l'herbette fleurie
D'un vert bosquet.
Près de la pastourelle ,
Son chien Médor
Veillait en sentinelle
Sur son trésor.

Ce loup qui n'y voit guère,
Qu'on nomme amour,
Aborde la bergère
Sans nul détour.
Mais au pied de la belle
Le chien l'abat ,
Et l'amour perd une aîle
Dans le combat.

L'ENCRE.

MUSIQUE DE JULES GARD.

Se trouve chez Collinet , rue du Coq-St.-Honoré.

AIR du Songe.

Un ménestrel a le premier
Chanté la plume sur sa lyre,
Un autre a chanté le papier,
Je chante l'encre pour écrire.

Au Parnasse comme au barreau,
Des arts pour fixer la mémoire,
Elle règne sur un bureau
Et son trône est une écritoire.

Chère au talent, comme au malheur,
Du sentiment douce interprète,
Elle est la peinture du cœur
Sous le pinceau du vrai poète.
Son coloris charme les yeux
Sous les traits d'une plume habile :
Par elle on peut être fameux,
Et par elle on devient utile.

Elle est l'espoir du malheureux
Qui peint son infortune amère ;
Souvent un secours généreux
Provient de l'encre salutaire.
Elle est chère encore à l'amour
Qui peut tracer durant l'absence
L'annonce d'un prochain retour
Et des serments la souvenance.

CHANSON A BOIRE.

Air : Pégaze est un cheval qui porte.

Lorsque je suis sous une treille,
Je crois être sur l'hélicon,
Je prends pour muse ma bouteille,
Bacchus devient mon Apollon.

Au vin l'on doit Piron, Sédaine,
Et que d'auteurs naîtraient soudain,
Si l'eau savante d'Hippocrène
Pouvait se transformer en vin.

Le vin démasque le visage
De l'homme trompeur et méchant,
Il colore le front du sage,
Rassure le timide amant.
Bacchus nous fait aimer la gloire,
Chérir les belles et l'amour,
Et sur l'aile de la victoire
Ce dieu nous conduit à leur cour.

Par divers sentiers dans la vie
Chacun court après le bonheur;
L'amant le trouve en son amie,
Le sage dans son propre cœur;
Un soldat respirant la guerre,
L'attend dans la prise d'un fort ;
Moi je le goûte dans un verre
Dont un bon vin couvre le bord.

LE BOSQUET.

ROMANCE.

Air nouveau.

Adieu riant bosquet dont l'ombre hospitalière
Me protégea souvent contre les feux de l'air ,
Je n'admirerai plus ta robe printanière ,
  Comme l'hirondelle légère
  Je dois partir avant l'hiver.

Ah ! que n'ai-je l'espoir de revenir.encore
Suivre dans leurs progrès tes boutons renais-
                      sants,
Demi-dieux de la terre, oracles d'Epidaure,
  Parlez, le mal qui me dévore
  Durera-t.il jusqu'au printemps?

Mais pourquoi m'abuser ? le flambeau de ma
                      vie
Cessera de briller quand viendront les beaux
                    jours ,
Quand la feuille des bois , par l'automne jaunie,
  Quittera sa tige flétrie ,
  Je m'endormirai pour toujours.

LES POLICHINELS.

CHANSON.

Air : La plus belle promenade.

Dans Paris quelle cohue !
Comme on se sent coudoyer !
Que d'objets frappent ma vue
Dont on pourrait s'égayer !
Ignorant l'art de médire,
Quand j'aperçois tel ou tel,
Je me contente de dire :
Encore un polichinel !

Ce monsieur Purgon qui passe
Prend le titre de docteur,
Et d'un remède efficace
Il s'annonce pour l'auteur.
Ce remède qu'il fabrique
Bientôt vous envoie au ciel :
Disons de cet empirique :
Encore un polichinel !

Damis, content de lui-même,
Vante partout son esprit ;
Et dans son orgueil extrême,
Il se croit fort érudit.

Il vous parle avec emphase ;
Son babil est éternel :
A tort à travers il jase.
Encore un polichinel !

Et cet auteur qui rumine
Est un autre original
Qui vous soutient qu'à Racine
Il est pour le moins égal.
Il embouche la trompette,
Déjà se croit immortel...
Disons du petit poète :
Encore un polichinel !

Nargue du folliculaire
Qui fronderait mes écrits ?
Car tel est mon caractère
Qu'on me censure, je ris.
Oui, que sur moi la critique
Vienne à répandre son fiel ,
Je dirai du satirique,
Encore un polichinel !

Nota. Cette chanson a été donnée à l'auteur par feu Camer-link, pour être insérée dans son recueil.

LA
PETITE GUIRLANDE DE ROSES,

COUPLETS POUR NOCES, FÊTES, ETC.

—❀❀❀—

LA ROSE DE LA MARIÉE.

UN ÉPOUX A SA FEMME, LE JOUR DE LA NOCE.

AIR de l'Angelus.

Vénus avait quitté Paphos,
C'était un deuil parmi les Grâces ;
Cruel ennemi du repos,
Un jour son fils cherchait ses traces :
Passant près d'un bosquet fleuri,
L'Amour vit une fleur mi-close :
C'était toi que le dieu chéri
Prenait d'abord pour une rose.

Mais en entrant dans ce doux lieu,
Il croit reconnaître sa mère :
Est-ce Vénus ? — Non, dis-je au dieu ;
C'est la Vertu : je la préfère.

Tendre Amour, tu blessas son cœur ;
A la guérir je me dispose,
Et je veux faire son bonheur
En prenant soin de cette rose.

A UNE BELLE.

Si je veux chanter la beauté,
Quel charme m'agite et m'inspire !
L'écho, par mon luth enchanté,
Pour elle et murmure et soupire ;
L'amour lui rit dans chaque trait,
Et l'onde, en lui rendant hommage,
Avide d'un si doux portrait,
Au loin emporte son image.

A QUATRE SOEURS.

Air du Matelot.

Jeunes beautés, que l'Amour et sa mère
Veulent former pour briller au grand jour,
A son éclat préférant le mystère,
Au fond des bois vous fixez votre cour.
Si pour charmer l'erreur qu'Amour me cause,
Ma voix du luth accompagne le ton,
Je chante alors : Votre mère est la rose
Dont aujourd'hui vous êtes le bouton.

Les jeux, les ris, suivent partout vos traces,
Et les beaux-arts vous font cueillir des fleurs.
Une de moins vous êtes les trois Grâces,
Et cinq de plus vous seriez les neuf Sœurs.
Amour, amour, j'éprouve ton empire;
Dans l'univers tout cède à ton pouvoir :
Celle que j'aime a daigné me sourire;
Pour l'adorer, il suffit de la voir.

Ah ! si l'hymen unit un jour nos âmes,
S'il nous conduit à la félicité,
Irai-je, amie, offrir à d'autres femmes
L'encens qu'on doit à la divinité?
Va, ne crains pas qu'un injuste caprice
M'aveugle au point de quitter tes autels :
Quand la beauté daigne m'être propice,
Mon cœur lui doit des honneurs immortels.

LES FLEURS.

POUR LA FÊTE D'UNE DEMOISELLE.

Air du Rendez-vous.

A chaque fleur ta vertu porte ombrage :
Rose éclipsée et soumise à ta loi,
Semble te dire : Ah ! quitte le bocage;
Sur la beauté je régnerais sans toi.

Lorsqu'il te plaît d'errer dans le parterre,
Ecoute, Eglé, ce beau lys que tu voi :
Va-t'en, dit-il, ton front me désespère ;
Sur la candeur je régnerais sans toi.

La sensitive à l'instant se retire
Sous ton toucher, qui cause son effroi :
Ah ! laisse-moi, semble-t-elle te dire ;
Sur la pudeur je régnerais sans toi.

A la pensée aussi tu sais déplaire ;
Elle te dit, dans son jaloux émoi :
Fleur de l'amonr on m'appelait naguère ;
Sur tous les cœurs je régnerais sans toi.

LE BOUQUET DE MARGUERITE.

AIR : Vaudeville de la Famille de l'Apothi-
caire.

Au retour du printemps, un jour,
Ouvrant sa corbeille nouvelle,
Flore offrit un myrte à l'amour,
A la constance une immortelle,
La sensitive à la pudeur,
La violette au vrai mérite ;
Enfin, un lys à la candeur,
A mon amour la marguerite.

LE BOUQUET DE ROSE.

Dans cet âge heureux où l'amour
De fleurs embellit ta carrière,
Rose, pour toi j'ai, dans ce jour,
Cueilli la rose printanière.
Ton esprit est sa douce odeur,
Et vos attraits sont mêmes choses;
Placer sur ton sein cette fleur,
C'est unir ensemble deux roses.

A UN OFFICIER,

LE JOUR DE SES NOCES.

AIR de l'Exilé.

Amant aimé de votre belle,
De l'ennemi noble vainqueur,
Vous rapportez un cœur fidèle,
Un cœur plein d'amour et d'honneur.
Voyez ces fleurs qui sont écloses
Pour le plus tendre des guerriers;
On peut reposer sous des roses
Quand on est chargé de lauriers.

Et vous, aimable et jeune Hortense,
L'hymen, qui vous lie en ce jour,
Joint la douceur à la vaillance,
Pour enchaîner le tendre Amour.
Ah ! lorsque la beauté sait plaire
Au plus sensible des guerriers,
Le myrte, dans ce jour prospère,
Doit croître à l'ombre des lauriers.

A UNE JEUNE FILLE

DE QUINZE ANS.

Quelle est cette fleur amoureuse
Dont le calice est entr'ouvert ?
Aux champs de l'Arabie heureuse
Plus beau trésor ne s'est offert.
Cette fleur fraîche et si jolie
S'incline au souffle des autans ;
Hélas ! puisse la faux du Temps
Respecter sa tige fleurie !

LE BOSQUET D'AUTOMNE.

L'aurore ici, dans chaque rose,
Répand les larmes du désir,
Et dans ce bois, si je repose,
Chaque arbre m'offre un souvenir.

Bientôt, hélas! de sa verdure
L'aquilon va priver ce lieu,
Et chaque feuille qui murmure
Semble déjà me dire : Adieu !

A UNE JEUNE INSTITUTRICE,

EN LUI OFFRANT UNE ROSE, EMBLÈME DE SON
ESPRIT ET DE SA BEAUTÉ.

AIR de Marie.

L'ombre de la retraite
Dérobe à l'œil charmé
Une rose parfaite
Au feuillage embaumé.
Modeste autant que belle,
Si parfois le zéphir
Vient soupirer près d'elle,
Vous la voyez rougir.

L'éclat qui l'environne
Un jour se flétrira ;
Sous la brise d'automne
La fleur s'effeuillera.
Mais si la rose passe,
Ses parfums odorants
Survivront à la trace
De ses débris errants.

SUR LE TOMBEAU DE J. LAFFITTE.

Dans ces bosquets que la paix environne,
Où Foy l'attend sous un laurier fleuri,
Déjà la gloire a ceintré la couronne
Qui doit parer son buste favori ;
Au monument la liberté s'avance,
Et dit tout haut : Il mérite un autel !
Un seul écho retentit dans la France :
    Laffitte est immortel !

A MES AMIS,

*Qui blâmaient le silence de ma muse, en
m'engageant à publier mon Recueil.*

Comme la timide fauvette,
Ma muse, à l'ombrage des bois,
Aussi tendre, non moins discrète,
Voulait en vain cacher sa voix :

Mais l'amitié, qui me rassure,
De mes chants réclame le prix;
Et c'est céder à la nature,
Que d'obéir à ses amis.

N'attendez pas que sur ma lyre
Je chante de malins couplets :
Quel triste métier de médire!
Qui peut s'en contenter jamais?
J'aime à faire un plus noble usage
De la poésie et du chant;
Le meilleur, le plus doux langage,
Ah! c'est celui du sentiment.

Perçant le temps malgré l'envie,
Ce noble accent, cher aux amours,
D'Anacréon charmait la vie,
Même au déclin de ses vieux jours;
Sapho, sur sa lyre immortelle,
Le fit entendre à son vainqueur;
Et si Phaon fut infidelle,
C'est que Phaon n'eut pas un cœur.

Réveille-toi, lyre plaintive,
Que l'amour couronna de fleurs,
Place-toi sous ma main naïve,
Et fais encor couler mes pleurs;
Rappelle-moi mes jours d'ivresse,
Ces jours de bonheur et d'amour,
Le souvenir de ma maîtresse
Et le serment du premier jour.

Chante, dans l'ombre du mystère,
Une femme sans vanité;
Près d'une coquette légère
Résonne avec rapidité.
Détends-toi près de l'ignorance
Qu'un accord ne peut divertir;
Au fat réponds par un silence,
A l'innocent par un soupir.

Pour l'amant discret et fidèle,
Pour l'homme plein de probité,
Pour un héros, pour une belle,
Que de fois mon luth a chanté!
Mais pour l'homme dont le délire
S'adonne au mal et fuit le bien,
De dépit j'ai brisé ma lyre,
Mon luth ne m'inspirait plus rien.

LA NUIT DU POÉTE.

Minuit sonnait : traversant un cimetière et
tigué de ma course nocturne , je m'assis
une tombe. Là, le cœur attristé , je contem
longtemps la lune pâle et tremblante, projetan
rayons à travers les ifs verdoyants et les lugu
cyprès. Un vent doux et léger agitait mollen
leur feuillage ; j'étais sous l'impression d'une de
mélancolie. L'aspect des monuments funèbres
se groupaient autour de moi, et le silence du l
m'inspirèrent de lugubres pensées, et , cédan
besoin de les exprimer, je pris mon carnet, et
présence même de la mort, je traçai les lignes .
vantes :

Quand notre âme s'envole, est-on mieux qu'ici-l
J'interroge la mort, la mort ne répond pas ;
      Mais, malgré son silence,
J'espère que le juste aura sa récompense.
Espérer, c'est jouir, et, tout plein de ma foi,
O mon Dieu ! je t'adore, et mon cœur croit en

A peine eus-je écrit ces mots, qu'un bruit so
et plaintif s'éleva et me fit tressaillir. Je regar
autour de moi : cimetière, tombe, cyprès, t
avait disparu. Ce n'était qu'un songe.

FIN.